KB253277

여성
리더십이
경쟁력이다

해피&북스

여성 리더십이 경쟁력이다

신경숙 지음

해피&북스

여성 리더십, 사람들과 상생을 기본으로

21세기 지식정보화 사회는 세상을 급변하게 만들고 있다. 글로벌화의 거센 물결과 급속한 기술의 변화 속에서 경쟁이 치열해지고 있으며, 우리나라는 경제 성장 둔화와 함께 불경기가 지속되고 있다.

근대사회가 되면서 세계의 성장과 발달은 주로 남성들에 의해 주도되어 왔다. 강력한 카리스마 리더십을 중심으로 조직의 통솔을 통해 기업의 효율성을 높이는데 중점을 두다 보니 사회는 성장할 수 있었다. 그러나 사회의 변화는 남성들의 카리스마 지도력이 각광받던 전통 산업의 경제 구조와는 다르게 현대는 정보의 확산과 기술의 급격한 발전으로 전과 다른 산업 구조가 생성되고 있으며, 사람들의 조직에 대한 가치관에서도 큰 변화를 가져왔다. 따라서 사회를 성장시켜 오던 전통적인 관습과 통제 체계는 더 이상 새로운 시대를 이끌지 못하고 있다. 뿐만 아니라 창의적이고 협업을 중시하는 새로운 시대에서 더 이상 일방적인 지시와 통제는 사회발전을 저해하게 되어 새로운 리더십을 필요로 하게 되었다.

조직 변화에 비효율적으로 반응하는 남성 리더들보다는 특유의 유연성과 협상 능력으로 사람과 사람, 조직과 조직을 엮어내는 데 뛰어난 능력을 발휘하는 여성 리더들이 주목을 받고 있다. 여성 리더의 섬세함과 소통 능력은 남녀평등 또는 여성 상위를 내세우는 시대의 흐름에서 중요한 요소로 작용한다.

우리나라는 1970년대 말까지 정치나 경제에 종사하는 여성이 매우 적었는데, 그 이유는 그동안 권위주의적이고 가부장적인 한국의 문화가 여성들의 사회진출을 가로막는 장벽의 역할을 해왔기 때문이다. 그러나 현재는 경제 활동 여성 인구의 전폭적인 증가와 함께 공무원과 같은 공직에 대한 여성의 합격률이 50퍼센트를 넘나드는 현상과 유능한 여성 CEO, 여성 국회의원, 여성 대통령을 어렵지 않게 찾아볼 수 있다. 이는 타인 지향적이고 감성과 개방적 마인드를 기본으로 한 여성 리더십이 떠오르고 있다는 증거이다. 그러나 세계의 절반이 여성인데 비해 여성 지도자들을 턱없이 부족한 것이 현실이다.

경영학자 피터 드러커는 21세기를 '여성의 세기'로 단언했다. 그의 말대로 활발하게 사회 활동을 하는 여성들을 세계 곳곳에서 어렵지 않게 발견할 수 있으며, 앞으로 더 많은 여성들이 사회 활동에 참여하게 될 것이다. 단순한 사회 참여를 넘어서 정치, 경영, 경제, 문화 등의 많은 분야에서 전과 다르게 여성 리더들의 활약이 눈에 띄게 될 것이다. 그들이 여성 리더로 성장하게 된 배경에는 사회 곳곳에서 요구하고 있는 '여성 리더십'을 가지고 있기 때문이다. 여성 리더십은 사람들과 상생을 기본으로 보다 개인 간의 관계와 상대방에 대한 배려를 중요시 여긴다는 점에서 남성 리더십과 비교된다. 특히 조직이 민주적이고 자율적인 환경으로 변하고 있으며 예술성, 감성, 창조성과 같은 여성적 특성이 지식 정보화 사회에서는 여성의 사회적 참여를 가능하게 하고 있다.

이 책은 여성 리더십의 개념 정의로부터 여성 리더의 장점과 여성 리더가 되는 방법을 다루고 있다. 부디 이 책을 통해서 남들로부터 존경받는 여성 리더가 되기를 바란다.

지은이 **신경숙**

한국의 정치 현실을 반영한 실전적인 여성 리더십

마음으로 쓰고 가슴으로 쓴 여성 리더십의 속삭임을 여기서 발현 할 수 있다. 우리 각자가 생활해 온 환경과 삶의 모습들이 다양하다. 지금 신경숙 박사의 여성 리더십을 여기서 만나보자. 여성 리더십의 기초가 매우 중요하다. 여성 리더십의 지름길은 여기에 제시하고 있다. 이 책은 설득력 있고 명확한 글은 일목요연하게 잘 정리가 되어 읽기 편하다. 한국의 정치 현실을 반영한 실전적인 여성 리더십이라 더욱 설득력이 있다. 그리고 무게 있고 충실한 책의 내용에도 불구하고, 초심자나 문외한도 쉽고 재미있게 접근할 수 있도록 한 구성과 서술이 더 특징적이다.

전 고려대학교 총장 **이기수**

체계적이고 세밀하게 여성 리더십 제시

저자 신경숙 박사는 중국인으로서 한국으로 귀화하여 오랫동안 한국과 중국의 교류, 발전을 위해서 헌신하였다. 여성 리더십의 장점과 갖추어야 할 모든 덕목을 제시한 이 책은 지도자가 되고자하는 많은 여성들에게 폭넓은 혜안과 방향을 제공하였다는 데서 매우 의미 있는 일이라 하겠다. 특별히 저자는 지금까지 현장에서 경험한 리더십을 바탕으로 매우 체계적이고 세밀하게 여성 리더로서 자세, 경영방침을 제시하였다. 21세기는 3F시대라고 한다. 즉 감성(Feeling), 상상력(Fiction), 여성(Female)이 부각되는 시대적 상황에서 시의적절하게 명철한 지혜와 메시지를 전하고 있다. 무엇보다도 매사에 열정과 진정성으로 임한 저자의 삶의 철학이 녹아 있는 친절하고 따뜻한 책이라는데 보다 더 큰 의의를 가진다.

전 이화여자대학교 총장 이배용

여성들의 장점 활용한 리더십

오랜 시간 황무지를 걷고 걸어오며 견뎌낸 든든한 뿌리는 여성 리더십이 있어야 한다. 이 책은 지금까지 여성이 가진 성 정체성에서 벗어나 여성 지도자로서 발로 뛰고 눈으로 귀로 확인하고 현장에서 실천할 수 있는 지도자의 덕목을 강조하고 있다.

앞으로 이 책을 읽는 여성들은 자신이 가진 장점을 십분 활용하여 지금까지 남자들이 이루지 못한 영역에서 여성 리더십은 다양한 두각을 나타내게 될 것이다.

아트센터나비 관장 노소영

맞춤형 여성 리더십을 제시

음식에는 쓴 것을 맛보다 살짝 단 맛이 담긴 음식을 먹으면 단 맛의 진정한 매력을 느낄 수 있게 된다. 신경숙 박사의 여성의 리더십은 정말 매력적이고 황홀한 장르가 담겨져 있다. 이 책은 여성 리더의 특징을 바탕으로 여성들이 가지고 있는 장점을 최대한 활용하여 여성 지도자가 될 수 있는 맞춤형 여성 리더십을 제시하고 있다.

전 국회의원 **손인춘**

시대의 변화 따른 실질적인 지침서

이 책은 지도자가 되고 싶은 여성들을 위한 훌륭한 지침서이다. 나의 이야기를 처음 만나는 누군가에게 얘기하듯이 적정한 여성 리더십의 정보를 명확하게 풀어내어 많은 사람들에게 새로운 패러다임이 펼쳐 나아 것이다. 이 책은 교과서적 전략이나 학문적인 전략이 아니라 시대의 변화 따라 절실하게 필요한 실질적인 지침서인 것이다. 여성들이 자신의 꿈을 세우기 전에 꼭 읽어보길 추천한다.

한국여성경제인협회장 **한무경**

Part 001

제1장

미래를 이끌 여성 리더십

리더십이란 원래 우리말로 지도력, 통솔력, 지휘력
등으로 번역하여 사용되고 있다. 따라서 리더는 한
개인이 다른 구성원에게 이미 설정된 목표를 향해
정진하도록 영향력을 행사하는 것을 말한다.

1. 여성 리더십이란 무엇인가?

21세기 들어오면서, 리더십이란 말이 화두가 된 지 오래이다. 그래서인지 사회의 각 분야에서 리더십에 대한 관심이 날로 높아져가고 있다. 미국의 한 연구 조사에 의하면 직장인에게 가장 필요한 부분으로 1위를 차지한 분야가 리더십이라고 한다. 우리나라 대학생들에게서도 가장 필요한 것이 리더십이라고 한다.

원래 리더십이란 우리말로 지도력, 통솔력, 지휘력 등으로 번역되어 사용되고 있다. 이런 단어적인 개념 정의보다는 일반적으로 리더십은 한 개인이 다른 구성원에게 이미 설정된 목표를 향해 정진하도록 영향력을 행사하는 과정으로 정의하고 있다. 좀 더 자세히 보면 리더십은 리더로서 조직의 목표를 달성하기 위하여 성공에 대한 적극적인 강화(positive reinforcement), 목표 설정(goal setting), 조직 관리(managing group relation) 등에 관한 실제적이고 효과적인 활동을 말한다.

따라서 리더십이란 구성원들에게 목표를 제시하고, 이 목표에 대해 구체적으로 설명하여 왜 이 목표를 달성해야 하는가를 의사소통을 통해 설득하고 납득시키고, 리더 자신이 그 목표 달성을 위하여 솔선수범하여 열심히 일하는 것을 의미한다. 쉽게 표현한다면 리더십이란 리더로서 조직의 목표를 제시하고 구성원들이 목표에 도달할 수 있도록 이끄는 솔선수범하는 능력을 말한다. 따라서 리더십은 오늘날 사회라는 조직 속에서 살아가기 위하여 매우 필요한 요소가 될 수밖에 없다. 나아가 조직의 목표를 달성하기 위해서는 조직 리더들의 구성원들에게 영향력을 발휘하여, 그들이 구성원의 목표 달성에 공헌할 수 있도록 사기를 높이고, 그들의 잠재 능력을 활성화시킬 수 있는 리더십 기술의 중요성을 증대시키고 있는 것이다.

따라서 리더십은 구성원의 목표를 달성하기 위한 지도자로서 역할이며 솔선수범하는 리더로서 자신을 발전시키기 위한 행동 목표라고 할 수 있다. 이러한 리더십이 지금까지는 남자들의 전유물처럼 리더는 남자라는 생각이 지배적이었으나 지금은 여성들이 사회적으로 리더가 되는 일이 많으므로, 여성들에게도 리더십이 절실하게 필요한 덕목이 되어 가고 있다. 여성 리더십은 여성이 중심이 되어 목표를 세워 구성원들을 이끌어가는 능력을 말한다.

그런데 문제는 이 리더십의 역량이 모든 사람들에게 공평하게 주어지지 않았다는 것이다. 어떤 여성은 자라난 환경 속에서 자연스럽게 여성 리더십을 습득하지만 어떤 여성은 여성 리더십이 무엇인지도 모르고 여성 리더십과 상관없이 살아가기도 한다.

여성들의 사회 참여가 점차 증가하고 있는 시점에서 사회는 여성들에게 리더로서 역할을 원하고 있다. 실제로 우리나라의 대통령도 여자이며, 기업의 대표, 기관의 장, 사회단체의 장이 여성으로 채워가는 비율이 점차 증가함에 따라 여성 리더십이 절실히 필요한 실정이다.

여성 리더십은 타고난 재능이나 유전적인 영향을 받는 것이 아니라 후천적인 노력으로 환경의 영향 아래 습득된 능력이라고 해야 할 것이다. 따라서 리더십은 후천적인 동기와 노력의 영향을 더 받으므로 노력 여하에 따라 강력한 리더십을 가질 수 있다는 것을 의미한다. 실제로 우리의 역사 속에서도 바보 온달과 평강공주의 예가 그러한 사실을 증명한다.

사회에서 손가락질 받던 바보 온달은 평강공주라는 여성을 만나 고구려에서 가장 훌륭한 장군이 되었다.

우리는 여기서 평강공주가 여성 리더십을 통해 한 가정을 올바르게 세웠을 뿐만 아니라 바보 온달에게 학문과 무예를 가르쳐 고구려를 지키는 훌륭한 장군으로 만들었다는 점에 주목하여야 한다. 앞으로 급변하는 사회 속에서 남성들이 발휘하지 못하는 여성들만이 가지고 있는 장점을 활용할 수 있는 여성 리더십이 절실하게 필요한 사회가 올 것이다.

2. 여성 리더십의 필요성

우리나라에 서구 관료제의 도입은 미군정(美軍政) 시기의 군대 조직에 의해 처음으로 이루어졌으며, 이후 냉전적 분단 상황 하의 병역의무 이행 과정에서 대부분의 남성들이 군대 조직을 경험하면서 더욱 내면화되고 확산되었다. 그래서 우리나라의 리더십의 특징은 남성들의 군대 조직에서 경험할 수 있는 리더십이 주를 이루었다.

더욱 이전부터 존재해온 한국의 전통문화인 가부장적 유교문화가 영향을 미치면서 남성 중심의 가부장적인 리더십이 대세를 이루었다. 다시 말해 우리나라의 리더십 문화는 근대화의 과정을 통해 형성된 가부장적 가족주의를 핵심으로 하는 유교 문화를 토대로 서구관료제와 군대 문화가 융합되면서 형성되었다. 이러한 과정에서 남성 중심의 권위주의와 형식주의, 온정주의, 연고주의와 같은 가치가 자리를 잡게 되어 여성의 역할과 능력을 단순 가사노동 종사자로 무시하는 경향이 있었다.

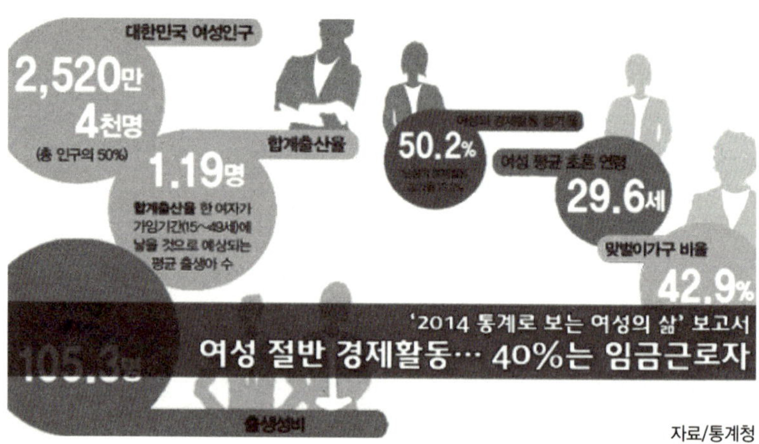

자료/통계청

그러나 점차 사회의 발전은 여성의 교육 기회의 증가, 기혼 여성의 취업 증가, 맞벌이 부부의 증가로 인하여 여성들의 사회 진출은 증대할 수밖에 없었다. 실제로 2014년 통계를 보면 대한민국 여성 인구는 2,540만 4천 명으로 총 인구의 50퍼센트를 차지한다. 남성의 경제 활동 참가율은 73.2퍼센트인 반면에 여성의 경제 활동 참가율은 50.2퍼센트로 여성 2명 중에 한 명은 경제 활동에 참여하고 있다. 맞벌이 가구의 비율은 42.9퍼센트로 나타났다. 대학 진학률은 남자는 67.4퍼센트인 반면에 여성은 74.5퍼센트로 2008년도부터 여성의 대학 진학률이 남성의 대학 진학률을 추월하고 있다.

여성들의 사회 진출 증가는 결국 여성들이 사회에서 리더가 될 수 있는 기회를 증대시키고 있다. 과거에는 남성들의 전유물이었던 남성 중심적 사회였던 군대나 법원에서도 여성이 기관의 장이 되어 가는 경우가 점점 증가하고 있다. 그러나 아직까지도 우리 사회에서 대다수의 여성은 남성보다 낮은 사회적, 정치적, 경제적 위치에 있다. 아직도 남성이 경험하지 못한 제약과 불이익을 당하고 있다. 뿐만 아니라 여성들이 사회에 진출하는 데는 여러 가지의 어려움이 있다. 특히 가사노동, 육아가 여전히 여성들의 사회 진출을 막고 있으며 경력 단절에 원인이 되고 있는 것으로 나타나 좀 더 다양한 해결책이 필요한 실정이다.

세상의 변화와 여성들의 사회 진출의 증가는 사람들의 가치관에도 변화를 주어 전통적이고 가부장적인 리더십의 비효율성이 늘어나면서 그에 대한 불만과 대안적 리더십에 대한 욕구가 높아지게 되었다.

20세기에 들어오면서 여성들은 공식적인 정부 권력의 자리에 빈번하게 오르기 시작했고, 국회로의 진출이 눈에 띄게 나타나고 있으며, 드디어 여성 대통령까지 탄생하였다. 소위 엘리트라 불리우는 자리에 두드러지는 여성들의 정치 참여 확대는 리더십의 변화를 원하고 있다. 이러한 조직 문화의 변화에 효율적으로 대응할 수 있는 대안적 리더십으로서 보다 참여적이며 민주적인 인간 중심의 리더십에 대한 요구가 꾸준히 증가하고 있고 여성 리더십의 필요성이 증대하고 있다.

3. 여성에게 필요한 리더십 유형

리더십이라는 단어 자체가 남성들의 전유물이었다면 이제는 여성들의 사회 진출이 늘어가는 만큼 여성 리더십도 필요한 것이다. 사회 변화에 따라 사회에 필요한 리더십이 만들어지다 보니 리더십의 유형에도 여러 가지가 있다.

지금까지 나타난 리더십을 남성과 여성의 특성을 반영하여 남성형 리더십과 여성형 리더십으로 나누어 볼 수 있다. 남성들의 특징을 살린 리더십 유형에는 카리스마 리더십, 전제적 리더십, 파워 리더십, 슈퍼 리더십, 변혁적 리더십, 브랜드 리더십 등이 있다. 이러한 리더십은 전근대적인 사회에서 빠르게 조직을 장악하고 목표를 향해 조직을 이끌어가기 위해서 필요했던 리더십이다.

여성 리더십의 유형은 민주주의 리더십, 파트너 리더십, 서번트 리더십, 브랜드 리더십, 비전 리더십, 임파워링 리더십 등이 있다. 여성 리더십이 등장하게 된 이유는 사회가 민주화되어 가면서 세상의 변화속도가 너무 빠르다 보니 소통이 중요해짐에 따라 자연스럽게 강하고 빠른 남성 리더십보다는 섬세하고 부드러운 여성 리더십이 점차 각광을 받기 때문이다.

가. 카리스마형 리더십(Charisma Leadership)

카리스마 리더십은 역사적으로는 프랑스의 나폴레옹같이 강한 대중 호소력과 선동력을 지닌 전재적 리더십을 말한다. 조직을 일사불란하게 단결하게 하고, 구성원들이 이성이 아닌 맹목적으로 리더를 추앙하는 경우가 많다.

나. 전제적 리더십(Dictator Leadership)

전제적 리더십은 독일의 히틀러와 같이 지배자로 군림하기 위해, 질문을 금지시키고, 실수를 용납하지 않으며, 핵심 정보는 혼자 독점하려고 한다. 또한 권위에 대한 도전이나 반항없이 순응하도록 요구하면서, 개개인들에게 주어진 업무만을 묵묵히 수행할 것을 기대하는 리더십을 말한다.

다. 파워 리더십(Power Leadership)

파워 리더십은 미국의 트럼프 대통령처럼 탱크형 리더로서 확고한 의지를 가지고 있으면서도 강인한 실행력을 바탕으로 한 번 결정한 것은 어떤 비판을 받아도 철저하게 실천하는 실행력이 있다. 파워 리더십은 모든 현상을 있는 그대로 받아들이지 않을 뿐더러 역경이나 혼란에 도전한다. 또한 성실과 끈기를 기반으로 하여 솔선수범으로 조직을 이끄는 리더십을 말한다. 말보

다는 강력한 행동을 요구하는 리더십으로 최고 경영자에게 가
장 필요한 리더십이다. 난국에 처할 때 이러한 유형의 리더의 진
가가 발휘된다.

라. 슈퍼 리더십(Super Leadership)

슈퍼 리더십은 애플을 만든 스티브 잡스처럼 주변의 조언이나
상급자의 명령에 무조건 따르기 보다는 자신의 냉정함과 차가
운 두뇌로 판단하여 조직의 활성화에 도움을 주는 리더십을 말
한다. 풍부한 지식을 활용해 경영하는 박식한 리더들에게 어울
리는 리더십이다.

마. 변혁적 리더십(Change Leadership)

변혁적 리더십은 유한킴벌리를 성공적으로 경영하였던 문국
현 회장처럼 주어진 환경에 순응하지 않고 오히려 올바른 방향
으로 변혁시키려고 도전하는 리더십을 말한다. 개개인과 팀이
유지해온 이제까지의 업무 수행 상태를 뛰어넘기 위해 변화를
가져오는 추진력과 해박한 지식을 갖추고 있고 자기 확신이 강
하며, 구성원들에게 존경을 받는 리더십을 말한다. 풍부한 칭찬
과 감화를 통해 구성원들로 하여금 할 수 있도록 자극과 도움을
주는, 개인이나 집단과 조직에 있어서 획기적인 변화가 요구될
때 이상적인 리더십이 될 수가 있다.

바. 민주주의 리더십(Democracy Leadership)

민주주의 리더십은 제도나 규칙의 중요성을 인식하고 이성적 사고를 가진 구성원들의 의견을 존중하고, 그룹에 정보를 잘 전달하려고 노력하고, 전체 그룹의 구성원 모두를 목표와 방향 설정에 참여하게 함으로써, 구성원들에게 확신을 심어주려고 노력하는 리더십을 말한다.

사. 파트너 리더십(Partner Leadership)

파트너 리더십은 조직을 운영할 때 혼자 운영하는 것이 아니라 파트너와 같이 운영하는 것을 말한다. 이 과정에서 어느 한 사람이 지배적인 위치 즉 리더로서 역할을 수행하지만 둘 사이에서는 중요한 상호작용이 이루어지고 이 과정에서 구성원의 리더십이 개발된다는 것이다. 이 유형에서는 구성원 중 리더를 구분하는 것이 모호한 경우가 많고 설사 리더라 하더라도 구성원과 동일한 책임과 권한을 갖는다.

아. 서번트 리더십(Servant Leadership)

서번트 리더십은 데레사 수녀처럼 조력자로서 리더십을 발휘하는 것을 말한다. 서번트 리더십은 끝없는 사랑형 리더로서 조직을 지배하려 하지 않고 신뢰로 이끌어 가는 리더십을 말한다.

기존의 리더십이 구성원의 앞에서 구성원을 이끄는 역할을 하였다면 서번트 리더십은 구성원의 일체화와 공감대 형성을 통하여 조직 목표를 달성하는 것이다. 조력자로서 서번트 리더는 기본적으로 방향 제시자, 파트너, 지원자의 세 가지 역할에 중점을 두고 구성원들을 이끌어 나가는 특성을 갖고 있다.

사. 브랜드 리더십(Brand Leadership)

브랜드 리더십은 예컨대 더불어민주당의 손혜원 국회의원처럼 독창적인 아이디어를 가진 창의적인 리더가 창의력으로 승부하는 리더십을 말한다. 브랜드 리더십은 다른 아이디어를 모방하지만 독창적으로 만들어 남들보다 가치있는 조직을 만들어낸다. 브랜드 리더십은 남이 가지 않은 새로운 길을 만드는 것에 높은 가치를 둔다. 남보다 앞서서 표준을 장악하여 독보적인 경쟁력을 확보하는 것이 주된 목표이기도 하다. 다소 튄다는 비판을 듣더라도 확실한 이미지를 높이는 데 초점을 맞추는 리더십이다.

자. 비전 리더십(Vision Leadership)

비전 리더십은 영국을 다시 선진국의 반열에 올린 마거릿 대처 수상 처럼 눈 앞의 작은 이익에 관심을 두지 않고 조직의 미래의 전망을 내다보고 구성원들에게 희망적인 비전을 제시하는 리더를 말한다. 비전 리더십은 리더가 올바른 비전을 제시하고 구성원 모두가 동참하도록 하여 같은 방향으로 나아가는 것을 말한다.

차. 임파워링 리더십(Empowering Leadership)

제주지역에서 어려운 이들을 도왔던 김만덕처럼 구성원에게 권한을 위임하여 주인의식을 심어주는 리더십을 말한다. 임파워링 리더십은 리더 혼자 모든 일을 수행하는 것이 아니라 구성원들 중에 능력 있는 사람에게 권한을 위임하여 역량을 다할 수 있도록 하는 것을 말한다.

4. 여성 리더의 장점

일반적으로 리더란 조직의 생존과 성장을 구축하기 위한 구체적인 목표 달성을 위해 긍정적인 방향에 따라 조직과 집단을 앞장서서 이끌어 가는 사람이다. 여성적 리더십(feminine leadership)은 로덴 (Loden, 1985)에 의해 처음 제시된 개념이다. 로덴은 오늘날의 구성원들은 팀 위주의 참여적 관리 구조를 선호하기 때문에 팀 구조와 협동적 의사 결정을 특징으로 하는 여성적 리더십이 위계적 구조와 권위적 의사 결정에 의존하는 전통적 리더십보다 유용하다고 주장하였다. 여성 리더십이 강조되고 있는 것은 현대 사회의 변화하는 조직에서 여성적 가치가 리더십에 접목될 필요성에 따른 것이라고 볼 수 있다. 이러한 여성 리더의 장점을 보면 다음과 같다.

가. 협동적 성향

여성 리더십의 가장 큰 장점은 협동적 성향이다. 가부장적 리더십이나 전통적 리더십에서는 뚜렷한 위계 질서 속에서 경쟁을 강조하여 효율성을 높이는 것을 중요시하였다. 그러나 세상이 민주화되어 감에 따라 경쟁이 아닌 협동을 중시하며, 조직 구조는 위계 조직 대신 수평으로 된 팀중심으로 전환되었다. 따라서 권위주의적인 남성 중심의 리더십보다는 여성들이 가지고 있는 사람과 협동하려는 리더십이 조직을 이끄는데 합리적이며, 문제 해결을 효과적으로 하는 것으로 나타났다.

실제 여러 연구를 종합해보면 남성 리더들은 좀 더 권위주의적이고 지배적이라는 결과를 보이는 반면, 여성 리더는 남성 리더보다 조직 운영에 구성원들을 참여시키며 좀 더 민주주의적인 것으로 나타났다.

나. 민주적 성향

정보사회에는 위계적이며 통제적인 관리 시스템이 유용했기 때문에 리더는 남성이라는 개념이 팽배해 있으며, 권위적이고 가부장적인 리더십을 높이 사왔다. 권위적인 리더십에서는 의사 결정 과정이 없이 리더의 명령을 바로 수행해야 하는 상위 하달식의 명령이 전달되었다.

오늘날에는 급속하게 사회가 변화하기 때문에 창조력과 경험과 지식이 중시되는 보다 탄력적이고 민주적인 조직 운영이 더 효과적이다. 따라서 오늘날에는 의사 결정 과정을 매우 중요시하고 있기 때문에 구성원의 의견을 민주적으로 수렴하고 객관적으로 평가하는 리더십이 필요하다. 여성 리더는 남성보다 구성원들의 의견을 존중하고 받아들이는 수용 능력이 높은 편이다. 여성 리더십의 특징 중의 하나는 리더의 기능을 한 사람이 모두 수행하는 것이 아니라 구성원들 모두가 동등한 정치적 인격체로서 유기적인 관계를 통해 조직 목표를 달성해 나가는 것을 의미한다. 이런 측면에서 여성적 리더십은 민주적 리더십이라고 할 수 있다. 이처럼 여성 리더십은 조직을 통제하는 것이 아니라 구성원들의 의견을 존중하므로 참여를 높이기 때문에 상호 영향을 끼쳐 더욱 큰 위력을 발휘할 수 있다.

다. 관계적 성향

일반적으로 남성은 여성에 비해 자기 주장적이며 독립적, 지배적, 적극적이라고 믿는 반면, 여성은 이타적이고, 친절하며, 이해심이 많다고 믿는다. 남성은 사회에서 과제 지향적이거나 형식적 관계를 많이 맺기 때문에 과제를 성공적으로 수행하는 것에 많은 관심을 보인다. 반면에 여성 리더는 관계 지향적이거나 정서적 관계를 맺기 때문에 대인 관계의 성공을 추구하는 경향이 있다.

여성 리더는 관계를 중요시하기 때문에 구성원에 대한 배려심이 강하게 나타난다. 이러한 특징으로 여성 리더는 구성원들에게 친절하게 도움을 주려고 하며, 긍정적인 집단 정서를 만들기 위해 노력한다. 또한 여성 리더는 남성 리더에 비해 조직 사회에서 얻는 스트레스가 적으며 스트레스 대처 능력이 높다는 것이다. 이는 여성 리더들이 스트레스를 받으면 사람들과 대화를 통해 해소하기 때문이다.

라. 감성적 성향

전통적으로 리더는 이성적이며 냉철해야 한다는 관념이 강하였다. 그러나 여성은 생물학적 특성상 남성에 비해 풍부한 감성을 지니고 있으며, 부드럽고 따뜻한 편이다. 여성 리더의 특징인 감성적인 리더는 통합적 사고, 심미적 관심, 감정이입 능력, 민주적인 사고방식 등이 뛰어나기 때문에 구성원의 창의적이고 자발적인 참여를 이끌어낼 수 있는 조화로운 리더십을 발휘할 수 있다. 여성 리더는 외부 환경에 빠르게 변화하려고 하며 구성원들과 공유하려 한다.

5. 여성 리더에게 꼭 필요한 변화와 혁신

우리는 변화하지 않으면 가치를 잃어버리는 것들을 수없이 목격하고 있다. 신곡 하나로 반짝한 가수들이 새로운 곡을 내지 못하면 금방 사람들의 머리 속에서 잊혀지는 것을 쉽게 볼 수 있다. 신제품을 사고 돌아서면 새로운 신제품이 시장에 나오는 시대에 살고 있는 우리에게 과거의 영광은 의미가 없다. 어제의 영광은 이제 더 이상 미래로 연결되지 않는다.

그래서 그런지 요즘 개인, 기업, 국가는 너나 할 것 없이 변화와 혁신을 강조하고 있다. 국가는 국제 사회에서, 개인이나 기업은 사회의 주류로 자리를 잡기 위해서는 사회 변화에 따라 신속하게 변화하고 준비를 해야만 하는 시대에 살고 있기 때문이다.

행정자치부에서는 혁신 담당관실을 두고 변화와 혁신을 주도하려고 하고 있으며, 개인은 사회의 변화에 적응하고 성공하기 위해서 스스로에게 변화와 혁신을 주입하고 있다. 많은 기업들의 신년 사업계획에서도 '변화' 는 빠지지 않고 등장하는 주요 테마다. 경영자나 지도자들은 자신의 조직을 변화시키기 위하여 사무혁신, 조직혁신, 구조조정, 조직문화 개선 등 다양한 이름의 변화 관리 프로그램을 매년 초, 선포하고 보다 나은 조직으로 거듭날 것을 다짐한다. 하지만 안타깝게도 변화 관리 프로그램을 성공적으로 수행한 기업이나 국가는 전 세계적으로도 극

소수에 불과하다.

변화와 혁신에 대한 중요성을 강조한 것은 비단 오늘날의 일만은 아니다. 놀랍게도 무려 1백 년 전부터 혁신과 변화의 중요성이 강조되어 왔던 것이다. 조지프 슘페터(Josepb Scbumpeter)는 자본주의 발전의 원동력은 '창조적 파괴' 라는 말로써, 또한 컨베이어 시스템을 도입해서 자동차의 대량 생산과 대중화 시대를 연 헨리 포드는 "변화를 거부하는 사람은 이미 죽은 사람이다", "이 나라에서 우리가 아는 유일한 안정성은 변화뿐이다", "만약 목표를 성취하는데 방해가 된다면 모든 시스템을 뜯어고치고, 모든 방법을 폐기하고 모든 이론을 던져버려라" 등의 말로써 변화와 혁신의 중요성을 주장하였다. 1백 년 전부터 주장한 변화와 혁신은 원하는 만큼 달성되지 않았거나 시대의 변화에 따라 더욱 필요하였기 때문에 강조되고 있는 것이다.

그러나 변화와 혁신은 변화를 거부하는 기존의 세력에게 많은 저항을 받게 되며, 대단위 자원과 노력을 투여하는것, 그리고 오랜 시간이 소요되는 특징을 가지고 있다. 따라서 성공적 변화와 혁신을 위해서는 최고 경영자의 전폭적인 참여와 지원은 너무도 당연한 전제 조건이다. 그러나 최고 경영자 한 사람의 힘으로 거대한 조직이 변화할 수 있다는 것은 우스운 이야기이다.

결국 조직 전체의 변화와 혁신을 가져오려면 최고경영자 한 사람의 변화가 중요한 것이 아니라 구성원의 변화가 있어야 한다.

기존 구성원을 변화와 혁신의 기수로 만드는 것은 고정 관념을
깨는 것만큼 어려운 것이 현실이다. 그래서 기업이나 국가는 변
화와 혁신을 이끌 인재를 등용하려는 노력을 기울이고 있다. 오
래된 조직의 관행을 깨고 변화와 혁신의 길로 몰고 갈 새로운 젊
은 피를 수혈하려고 하는 것이다. 우리는 여기서 벤자민 프랭클
린의 일화를 한번 음미해 보자.

벤자민 프랭클린은 원하는 것은 무엇이든지 자신의 노력에 의
하여 이룰 수 있다고 생각한 사람이다. 남들은 한 가지 분야에서
성공하기도 힘들지만 벤자민 프랭클린은 평생을 살면서 인쇄공,
주간지 발행인, 의용병 대장, 시의원, 유명한 작가이자, 정치가,
애국자, 저명한 과학자로 미국 역사 발전에 지대한 공헌을 하였
다. 그는 10살 때부터 학교를 그만두고, 마땅한 정규교육을 제대
로 받지는 못했지만 멀티 플레이어로서 전문적인 지식을 습득하
기 위하여 끊임 없는 노력을 하였다. 그는 미국 건국 초기에 워
싱턴 장군을 도와 미국 역사에 중요한 역할을 수행하였다. 그는
〈독립선언서〉를 만드는데 기여하였으며, 지도자로서 대통령직
을 제외하고 국가의 중요 요직을 골고루 맡았던 위대한 사람이
었다. 벤자민 프랭클린은 다양한 일을 경험한데다 창의성도 매
우 뛰어났다. 그의 놀라운 창의성은 피뢰침, 이중초점 안경, 스
토브 이외에도 수많은 발명으로 이어졌다. 그는 항상 변화와 혁

신을 꿈꿔왔다. 그래서 영국의 식민지에서 독립하기를 원해 직접 의용병 대장이 되었으며, 독립선언서를 작성하게 하였다. 미국이 독립된 후에도 다양한 멀티 플레이어로서 능력을 가지고 국가의 기틀을 혁신적으로 변화시키는데 앞장섰다. 오늘날 미국이 지금처럼 강대국 나라로 자리를 잡게 하는데 이 벤자민 프랭클린의 역할이 컸다는 것을 알 수 있다. 이처럼 벤자민 프랭클린은 제대로 교육의 혜택을 받지 못했으면서도 하면 된다는 정신으로 스스로의 학습을 통하여 자신의 인생을 변화시키고 미국의 역사를 변화시켰다.

개인, 기업, 국가가 변화와 혁신을 필요로 하는 시대일수록 변화에 능수능란하게 적응할 수 있는 새로운 여성 리더를 원하게 될 것이다. 이들이 사회의 주류가 되는 때, 이들이 변화와 혁신을 이끌 신인류가 될 지도 모른다. 그래야 개인, 기업, 국가의 미래가 있는 것이다.

6. 여성 리더십은 효과적이어야 한다

사람이 보유한 능력은 가지고만 있으면 아무도 알지 못한다. 어떤 사람의 능력이 아무리 많다고 해도 그 사람의 진면목을 알려면 그 사람의 능력이 외부로 발휘될 때 그 사람의 진면목이나 능력을 알 수 있다. 따라서 여성 리더는 자신의 능력을 가지고만 있어서는 그동안 들인 시간과 노력이 아까울 뿐이다. 여성 리더는 자신의 재능을 가지고 좋은 결과를 낼 줄 알아야 한다. 그래야 주변 사람들이 그 사람에 대한 능력을 인정해주고 필요로 하기 때문이다.

자신이 아무리 많은 능력을 갖고 있다고 해도 능력을 발휘해서 성과를 올리지 못하면 능력이 없는 것과 마찬가지다. 누군가에게 인정받기 위해서는 능력을 얼마나 가지고 있느냐가 아니라 얼마나 발휘할 수 있느냐에 달려 있다.

결국 개인의 가치를 평가하는 기준은 연령이나 학력이나 경력도 아니고, 보유하고 있는 능력도 아니다. 사람들은 누구나 성공을 위하여 남들과는 특별한 학력, 재능, 경력, 능력을 가지기 위하여 노력한다. 따라서 평범할 때는 학력, 재능, 경력, 능력 중에서 탁월한 부분이 유능하다고 인정받을 수는 있지만 여성 리더가 되기 위해서는 학력, 재능, 경력, 능력과 같은 개별적인 가치는 큰 의미를 갖지 못한다. 따라서 여성 리더로서 자신의 능력을 인정받기 위해서는 자신이 가지고 있는 모든 학력, 재능, 경력, 능력을 좋은 결과로 만드는 것이다.

천재는 노력하는 사람을 이길 수 없고, 노력하는 사람은 즐기는 사람을 이길 수 없다는 말이 있다. 즉 아무리 많은 능력을 가지고 있다고 하더라도 자신의 능력을 100퍼센트 발휘하지 못하면 능력은 부족하지만 최선을 다하는 사람을 이길 수 없다는 것이다. 또한 아무리 자신의 능력을 발휘하기 위하여 최선을 다하는 사람도 일을 즐기면서 하는 사람은 이길 수 없다는 것이다.

예를 들면 어느 회사에 3명의 직원이 신입사원으로 입사를 하였다. 1달이 지난 후 천재인 A는 자신이 100퍼센트의 능력을 갖고 있음에도 불구하고 20퍼센트의 결과밖에 내지 못하였고, B는 50퍼센트의 능력밖에 없지만 자신의 성공을 위해 열심히 노력해서 40퍼센트의 결과를 냈으며, C도 B와 같이 50퍼센트의 능력밖에는 없지만 자신의 일을 즐기며 하기에 B와 똑같은 40퍼센트의 결과를 냈다고 하자. 여러분들은 어느 쪽에 더 많은 점수를 주겠는가? 회사의 입장에서는 아마도 두 배의 결과를 낸 B나 C에게 후한 점수를 줄 것이다. 그러나 장기적으로 보면 B는 C에게 뒤질 것이다. 왜냐하면 B는 성공을 위해 일을 하고, C는 자신의 일을 즐기며 하기 때문에 B는 성공을 이루면 더 이상 능력을 발휘하는데 관심이 없어 질 것이다. 그러나 C는 자기 일을 즐기기 때문에 장기적으로 자신의 능력을 100퍼센트이상 발휘할 수 있기 때문이다.

사회는 좋은 결과를 내는 사람을 원하고 그 사람과 같이 일하기를 요구 할 것이다. 따라서 성공하는 여성 리더가 되기 위해서는 자신이 가지고 있는 학력, 재능, 경력, 능력을 바탕으로 좋은 성과를 내는 것이 필요하다.

7. 강인한 여성 리더를 원한다

여성 리더가 갖추어야 할 가치 중 빼놓을 수 없는 것이 바로 강인함이다. 여성 리더를 따르는 사람들은 여성 리더를 따름으로서 얻는 편안함을 얻고자 한다. 여성 리더가 이끄는 대로 가면 자연스럽게 성공이 보장되길 원한다. 나의 어려움도 여성 리더가 막아 주었으면 한다. 조직이 어떠한 역경에서도 꿋꿋이 발전하기 위해서 여성 리더의 강인함을 원한다. 그래서 그런지 여성 리더하면 카리스마형을 떠올린다. 카리스마라는 것은 특정 인물의 행동이나 모습을 마냥 따라 해서 생기는 것이 아니라 바로 자기만의 독특한 스타일을 구축하고 발전시켜나아갈 때 생기는 것이다. 또 부수적으로 필요한 것이 있는데 바로 상대방의 심리를 읽을 수 있는 능력이다.

여성 리더는 구성원들의 가려운 곳, 어두운 곳, 불안한 곳, 갈망하는 곳을 파악하여 채워주어야 한다. 또한 타인에 대한 배려를 하고 구성원들의 협조를 얻어내야 한다. 여성 리더라고 잘난 체하거나 우월성만을 강조해서는 결코 구성원들의 마음을 사로잡을 수 없다. 솔선수범하고 그들보다 고생하고 있다는 느낌이 들 때 구성원들로부터 존경을 받을 수 있다. 이처럼 여성 리더는 개인적인 욕구를 뒤로 하고 구성원들을 위해 앞장 서서 리드를 하려면 남들보다 강인해야 한다.

　강한 여성 리더로 많은 사람에게 존경을 받고 있는 김구의 어머니인 곽낙원 여사가 있다.

　김구가 가장 영향을 많이 받은 사람 중에 한 분이 바로 김구의 어머니 곽낙원 여사이다. 곽낙원 여사는 김구의 어머니이면서 아들을 따라 구한말, 일제 강점기의 여류 독립운동가이자 민족 운동가가 되었다. 김구가 어려울 때마다 어머니는 함께하였고, 아들이 더욱 훌륭하게 될 수 있도록 강하게 키웠다.

　처음에는 곽낙원 여사는 그저 여린 어머니에 불과했다. 하지만 아들을 통해 점점 더 의식화 되는 여성으로, 독립운동가들에게 김구 선생님이 버팀목이 되었던 것처럼 너무나 훌륭한 어머니셨다. 김구가 위대한 인물이 되었던 요인에는 바로 어머니 곽낙원 여사가 있었기 때문이라고 해도 과언이 아니다.

　곽낙원 여사는 김구가 어릴 때 《천자문》을 가르치고 《동몽선습(童蒙先習)》, 《사서삼경(四書三經)》 등을 읽히는 등 아들의 교육에 헌신적으로 노력하였다. 남편이 갑자기 뇌졸중에 걸려 전신불수가 되어 자리에 눕게 되었다. 김구를 큰아버지 댁에 맡기고 남편의 병을 어떻게든 고치겠다고 집과 가마솥을 팔아 남편을 데리고 전국의 용한 의원을 다녔다. 얼마 지나지 않아 몸이 나아져 돌아와 같이 살 수 있게 되었다. 곽낙원은 김구의 학비를 위해서 낮에는 남의 밭을 매주고, 밤에는 옷을 짜서 틈틈

이 돈을 벌었다.

명성황후 시해사건으로 충격을 받은 김구가 치하포*에서 일본군 중위를 살해한 혐의로 체포되어 인천형무소 등지로 전전할 때, 매일같이 면회 가서 아들을 격려하였다. 김구가 탈옥하자 남편과 같이 체포되어 인천 형무소에 3개월간 투옥되었던 일도 있다.

1910년 남편의 죽음으로 집안 형편이 어렵게 되고 김구의 옥바라지를 하기 위해서 삯바느질과 남의 집 가정부 노릇을 하였다. 아들이 중국에 들어가 독립운동을 할 때는 손자들을 맡아서 키웠다.

1934년 김구가 대한민국 임시정부를 절강성 가흥으로 옮긴 적이 있다. 그 무렵 가흥에 어머니는 아들 김인, 김신을 데리고 찾아왔다. 어머니가 방문하여 생일이 다가 오자 김구의 동지들이 생일 잔치를 준비하였다. 이를 눈치 챈 어머니는 생일잔치를 준비하는 사람들에게 말했다.

"내 생일 잔치 차릴 돈이 있으면 내가 먹고 싶은 것을 사먹게 내게 돈으로 주게".

준비하던 사람들은 모두 돈을 어머니에게 주었다. 그날 밤 어머니는 동지들을 불러 놓고 난데없이 권총 2자루를 내 놓았다.

*치하포 : 명성황후 시해사건으로 충격을 받고 봉기한 김구가 일본군 중위를 살해한 장소

"그 돈으로 총 2자루를 샀네, 왜놈에게 나라를 빼앗기고 목숨을 부지하는 것만도 다행인데 어찌 생일잔치를 차릴 수 있나? 이 총으로 왜놈을 하나라도 더 쏴주게!"

동지들은 할 말을 잃고 어머니의 말씀을 깊이 새겼다.

어머니는 임시정부 직원들에게 말했다.

"우리 젊은이들이 왜군을 물리치고 고국으로 나갈 때 내가 먼저 앞장 설 것이네. 옛날 아들이 감옥살이 할 때 내가 초라한 몰골로 면회 다니는 걸 보고 황해도 지사 김홍량이 준 무명 치마가 노랗게 바란 것이 있네. 그 치마폭에 태극기를 그려 두었지. 치마 태극기를 대나무 막대기에 끼어들고 휘두르며 내가 선봉에 서서 대한독립 만세를 부를 테니 젊은이들은 뒤따라오게나."

▲ 김구 선생과 어머니 곽낙원

곽낙원 여사는 강직한 품성으로 언제나 대범하고 당당했다. 아들 못지않은 한결같은 용기와 지혜로 충만했던 곽낙원 여사는 당시 임시정부의 대가족에서 최고령으로 독립투사들의 정신적 지주였다.

강인함에는 육체적인 강인함과 정신적인 강인함이 있다. 정신적인 강인함이란 역경에 동요하지 않는 굳은 마음을 말한다. 실제로 미국의 대표적인 백대 기업의 사원을 대상으로 한 조사에서, 가장 바람직한 상사는 '역경이나

곤경에 동요하지 않는 상사' 라는 결과가 나온 바 있다. 결국 여
성 리더는 강인한 정신을 가지고 있어야 여성 리더로서 성공할
수 있다는 것을 의미한다.

8. 여성 리더의 필수 조건 트렌드

트렌드는 원래 경영학에서 사용하던 것으로 소비자들의 소비 추이를 말한다. 그러나 오늘날 트렌드는 사회의 전 분야에 미래를 예측하는데 있어 트렌드에 대한 분석을 먼저 한다. 여기서 사용하는 트렌드에 대한 정의를 다시 내려 보면 자신과 사회 발전의 상호관계성을 살피면서 현재 존재하는 것에 대한 의미를 부여하는 것이라 할 수 있다. 따라서 트렌드는 자신과 미래에 대하여 어느 한 쪽 면으로 치우치지 않고 객관적으로 읽어 내는 것이 지식 사회에서 성공의 중요한 가치가 될 것이다.

따라서 트렌드를 읽는다는 것은 "나의 능력이나 상황을 정확히 인식한 상태에서 미래사회의 변화가 어떻게 진행될 지를 알고 그에 대한 대책을 만들어야 하는 것을 의미한다." 그러나 누구든 정확한 트렌드를 읽을 수 있다고 모두 성공하는 것은 아니다. 평범한 사람들은 분명히 다가 올 트렌드를 이미 알고 있지만 미래를 대처하지 않기 때문이다. 이는 개인적으로 성격의 차이에서도 기인하지만 안정적인 현실에 더욱 애착을 가지고 있기 때문에 애써서 힘든 도전을 하지 않기 때문이다. 그러나 여성 리더는 다양한 지식을 습득하기 위하여 항상 노력하는 그야말로 도전이 습관이 된 사람들이다. 따라서 여성 리더는 미래 사회에 대처하는 것은 당연한 일이기에 두려워하지 않고 도전한다. 다만 트렌드를 정확히 읽느냐 못 읽느냐에 따라서 멀티 플레이어로서 성공하느냐 성공하지 못하느냐의 차이가 생긴다. 실제로 성공한 사람들을 보면 자신에 대해서도 정확히 인식할 뿐만 아니라, 트렌드에 대해서도 정확히 분석하고 그에 대한 대처를 위하여 항상 도전하는 여성 리더들이 많다. 그 중에서 '코코 샤넬'은 대표적으로 트렌드를 잘 읽는 여성 리더라고 할 수 있다.

코코 샤넬은 프랑스의 복식 디자이너이자 독일의 첩보원으로 오늘날 세계 최고의 여성 브랜드로 유명한 메종 샤넬의 설립자이다. 코코 샤넬의 본명은 원래 가브리엘 샤넬인데, 코코 샤넬이라는 이름은 가난하던 시절 변두리 술집에서 노래 부르던 그를 사람들이 부르던 애칭이었는데, 그녀는 죽기 전까지 이 이름을 매우 싫어했다. 그럼에도 살아서도 이 이름으로 세계적인 유명세를 얻은 데다 제품 이름으로까지 쓰였고 죽어서도 이 이름으로 알려진 것이 아이러니하다.

돈을 유흥가에서 흥청망청 쓰고 가족을 버린 아버지 덕분에 샤넬은 유년기를 수녀원에서 보냈고, 성인이 된 이후에도 자존심과 독립심이 투철하여 평생 남자들에게 도움받기를 꺼려 했다.

샤넬은 유럽의 전통 코르셋을 많이 이용하던 여성복에 대해 왜 여자들은 비실용적인, 쓸모없는 복장을 고수해야 하는지 회의를 느껴 새로운 옷을 만들기 시작했다. 샤넬은 신사복의 소재를 여성에게 적용하여 스포티하고 심플한 디자인의 현대적 여성복 '샤넬 수트'로 간단하고 입기 편한 옷을 모토로 하는 디자인 활동을 시작하였다. 여성들에게 답답한 속옷이나 장식이 많은 옷으로부터 여성을 해방시키는 실마리를 만들었다. 그야말로 현대 여성복의 시초가 되었으며, 사람들의 욕구의 변화를 예측하여 장식이 생략된 옷의 본체에 브레드나 코드의 테두리를 붙이고, 당시에는 보기 드문 크고 작은 색유리나 크리스탈 글라스의 액세서리를 붙이기도 하였다.

샤넬은 트렌드를 분석하여 여성들이 간단하고 입기 편하며 활동적이고 여성미가 넘치는 옷을 만들었다. 샤넬 스타일은 유행의 변천 속에서도 별로 변함없이 오늘날에도 명품으로 전 세계에서 애용되고 있다. 또 그녀가 선택한 향수 샤넬 No.5도 유명하다. 마릴린 먼로가 생전에 자기는 이것만 뿌리고 잔다고 해서 더 유명해졌다.

코코 샤넬이 오늘날 이렇게 여성 리더로 크게 성공하게 된 근원은 트렌드를 읽고 열심히 노력했다는 것이다. 그녀는 무엇이든 마음만 먹으면 목표를

▲ 코코 샤넬

달성하고 마는 진정한 여성 리더의 근성을 가지고 있다. 그러나 그녀는 현재의 성공에 안주하지 않고 세상의 트렌드를 정확히 인식하고 그에 대한 철저한 준비로 오늘도 지속적인 성장을 이루어 가고 있다.

9. 여성 리더는 태어나는 것이 아니라 만들어진다

여성 리더로서 능력은 역사의 발전과 함께 계속 성장하고 있지만 사회의 급변함 속에서 더욱 진가를 발휘하고 있는 중요한 항목으로 인식되고 있다. 이를 반증이라도 하듯이 대부분의 기업에서는 핵심 인재 즉 조직을 성공적으로 이끌 수 있는 여성 리더를 양성하는 것이 기업의 생존 경쟁 문제를 해결할 수 있는 당면 과제로 삼고 있다.

따라서 대부분의 기업에서는 교육과 훈련을 통하여 여성 리더로서 능력을 배양시키기 위하여 다양한 교육과 훈련을 전개해 나가고 있다. 이처럼 대부분의 기업에서 직원들의 여성 리더로서의 능력을 높이려고 노력하는 이유는 간단하다. 여성 리더로서 능력 개발을 통하여 개인이나 기업이 고객이 필요로 하는 상품을 개발하거나 상품의 질을 개선하여 기업의 이익을 극대화하고자 하는 것이다.

이처럼 기업들이 직원들의 여성 리더로서 능력을 향상시키려는 교육 훈련을 강화시키려는 움직임은 결국 여성 리더는 태어나는 것이 아니라 만들어지는 것이라는 것을 의미한다. 따라서 누구든지 여성 리더가 되고자 한다면 열심히만 하면 될 수 있다. 이처럼 최선을 다해서 여성 리더가 된 사람으로 대표적인 사람 중에 '아웅산 수지'를 들 수 있다.

▲ 아웅산 수지

아웅 산 수지(Aung San Suukyi) 여사는 1945년 6월 19일 미얀마 독립의 영웅인 아버지 아웅 산 장군과 미얀마 복지부 장관 등 고위직을 지낸 어머니 킨치 사이에서 태어났다. 아웅산 장군은 영국의 식민지였던 미얀마를 독립시키는 데 결정적 역할을 해 국민적 영웅으로 추앙받은 인물이다. 그러나 미얀마 독립 2년 만에 정적에 의해 암살당했고, 아웅 산 수지는 어머니와 함께 미얀마를 떠나 외국에서 생활했다.

아웅 산 수지는 옥스퍼드 대학교에 진학하여 철학과 정치학, 경제학을 공부했으며, 영국인 마이클 에어리스와 결혼했다. 아웅 산 수지는 어머니가 뇌졸중으로 쓰러지자 병간호를 위해 귀국했다가, 전 국가적 민주화 운동을 무참히 진압하는 군부의 모습을 목격하게 된다. 시위 군중이 모인 가운데 '공포로부터의 자유'라는 제목의 연설을 통해 민주화 투사로 제2의 인생을 시작했다.

아울러 미얀마를 일당 통치하던 사회주의계획당에 다원적 민주주의를 받아들일 것을 요구하고, 미얀마 민중들의 요구를 받아들여 야당세력을 망라한 민주주의민족동맹을 창설했다. 그러나 당초 공정한 선거를 치르기로 약속한 미얀마 군부는 계엄령을 선포하고 철권통치를 이어갔으며, 군사정부의 탄압으로 아웅 산 수지는 첫 가택연금 조치를 당했다. 이후 미얀마의 군사 정부는 서방의 압력에 의해 총선을 실시하여 아웅 산 수지 여사가 이끄는 민주주의민족동맹(NLD)이 82퍼센트의 지지를 얻어 압승했다. 그러나 군사 정부는 선거결과를 무효화하고 오히려 지도부 등 당원 수백 명을 투옥하고 탄압을 가했다.

아웅 산 수지는 민주화 운동의 공적을 인정받아 노벨평화상 수상자로 결정됐지만, 평화상 수상식이 열렸을 때, 그녀는 미얀마의 군부독재 세력에 의해 여전히 가택연금 상태에 놓여 있었다. 이후 국제사회의 압력으로 아웅 산 수지는 가택연금에서 6년만에 풀려났지만, 남편이 영국에서 암으로 사망하였을 때 다시 돌아오지 못할 것을 우려해 출국을 포기했다. 그리고 2차 연금 조치로 양곤 밖으로 여행을 금지당하며 총 15년을 가택연금 상태로 지내왔다. 그러나 평범했던 아웅 산 수지는 군부에 대항하는 일을 멈추지 않았다. 아웅 산 수지는 가택연금에서 해제되어 국회의원 보궐선거에 출마해 하원의원에 당선됐고, 그를 중심으로 하는 민족민주동맹(NLD)도 재보선 대상 45석 가운데 43석을 차지하는 압승을 거두어 실질적으로 미얀마를 통치하는 여성 리더가 되었다.

아웅 산 수지는 여성 리더로 자기의 목표를 이루기 위해서는 죽음을 두려워하지 않았다. 평범한 여성 리더였던 아웅 산 수지는 자신의 위치에 만족하지 않고 군부의 부당함에 맞서기 시작하였다. 15년간 가택 연금을 당했지만 미얀마를 자유로운 국가로 만들기 위해서 멈추지 않고 자신을 여성 리더로 만든 사람 그가 바로 아웅 산 수지인 것이다.

"위대한 지도자는 비전과 일상의 간격을
메워주는 교육자여야 한다.
그러나 자기가 선택한 길을 사회가
따라오게 하기 위해 혼자서 그길을
걸어가야만 하는 사람이다"

– 키신저 –

제2장

Part 002

여성 리더의 필수 조건

여성이 리더로서 성공하기 위해서는 여성만이 가지고 있는 여성의 장점을 최대한 살리는 것이다. 여성이 리더로서 성공하기 위해서는 수평적 사고, 개방적 사고, 경청, 포용력, 배려, 솔선수범, 봉사, 친밀감, 경조사 참여가 필요하다.

1. 여성 리더는 수평적이어야 한다

우리나라는 가부장적인 리더십에 익숙해 있기 때문에 수직적 조직 문화가 일반화되어 있다. 우리나라가 이처럼 경제적으로 성장하게 된 것은 강력한 수직적인 조직 문화로 인해 우리 기업이 산업화와 정보화에 앞선 외국 기업들을 빠르고 효율적으로 따라잡게 했다.

스티브 잡스는 자신이 만든 애플에서 매출 부진으로 인해 쫓겨났다가 애플이 어려워지자 다시 전문경영인으로 돌아왔다. 스티브 잡스는 애플을 다시 일으키기 위해서 자신이 내린 명령은 모든 직원들이 무조건 따르도록 했다. 그는 자신이 가고자 하는 일에 걸림돌이 되는 직원들은 가차 없이 해고하는 것으로 유명했다. 스티브 잡스는 자신의 명령이 전부인 수직적인 리더십을 가진 사람이었다. 운이 좋게도 성공적인 사례를 많이 남겼다.

스티브 잡스의 강력한 수직적 리더십을 잘 나타내는 일화가 있다. 스티브 잡스는 수시로 자신이 만나는 직원들에게 질문하는 것을 즐겨하였다. 스티브 잡스의 엘리베이터 일화는 매우 유명한데 잡스는 엘리베이터에 함께 탄 직원들에게 "당신은 누구인가?", "어디에서 일하나?", "맡고 있는 업무가 무엇인가?"에 대하여 묻기를 즐겼다. 그 직원이 자신의 업무를 설명하면 스티브 잡스는 "그 일이 회사에 꼭 필요한 일이냐"고 되물었다. 만약 그 직원이 잡스를 납득할만한 설명을 하지 못하면 스티브 잡스는 엘리베이터에서 내리면서 "당신 해고야"라고 말했다고 한다.

그래서 애플에서는 누구도 엘리베이터에서 스티브 잡스를 만나고 싶어 하지 않기 때문에 아예 계단으로 다녔다고 한다. 애플에서 스티브 잡스는 밀어붙이는 것으로 유명하기 때문에 그 누구의 반대에도 자신이 정한 길로만 갔다.

한번은 컴퓨터를 만들 때 스티브 잡스는 단순하게 만들라고 주문했는데, 엔지니어들은 복잡하게 만들어야 한다고 반대를 했음에도 불구하고 단순한 디자인을 밀어붙여서 애플은 단순한 디자인의 대명사가 되었다. 그리고 아이팟 터치와 아이폰을 만들 때 다른 회사들은 배터리를 교체하는 모델이었기에 직원들이나 소비자들의 요구도 배터리를 교체할 수 있도록 제안했지만 스티브 잡스는 내장형 배터리 방식을 고수했다. 다들 안될 것 같았지만 시장의 반응은 의외로 놀랍게도 불편한 내장형 배터리를 선택했다는 것이다.

스티브 잡스는 자신의 고집으로 회사를 운영해서 그 결과가 성공적일 때가 많았다. 그 때문에 어느 직원도 스티브 잡스의 명령을 거부할 수 없었다.

이러한 수직적 리더십이 꼭 성공하는 것은 아니다. 2016년 삼성전자의 갤럭시 노트7의 폭발 사태 이후 우리 기업들의 수직적 조직 문화를 비판하는 목소리가 높아졌다. 삼성의 강력한 수직적 조직 문화가 사고를 냈다는 것이다. 과거까지는 수직적 리더십이 빠르게 성장하는 데는 매우 유용하였지만, 오늘날처럼 급변하는 정보사회 패러다임에서는 유연하게 대응하기 힘들다. 따라서 급변하는 변화에 조금 더 유연하고 효과적으로 대응할 수 있는 수평적 리더십이 주목을 받을 수밖에 없게 되었다.

여성들이 갖고 있는 장점인 수평적이고 우호적인 성향은 바로 현대의 급변하는 시대에 필요한 수평적 리더십의 원동력이 된다. 수평적 리더십은 구성원들의 의견이나 제안에 대한 존중을 바탕으로 하기 때문에 구성원의 창의성과 잠재력을 이끌어내어 조직을 발전시킬 수 있다.

아르헨티나의 에바 페론(Eva Peron)은 수평적 리더십의 장점을 잘 보여준 여성 리더십에 좋은 사례이다.

에바 페론은 빈민층의 딸로 태어나 온갖 역경을 딛고 삼류배우가 되었고 결국에는 아르헨티나 '퍼스트 레이디'가 되어 그의 애칭인 '에비타(Evita Peron)'로 더 잘 알려져 있다. 에바 페론은 가난을 이기고 어려운 환경을 극복하여 대통령 후안 페론의 부인이 되어 인생 그 자체만으로도 한편의 영화와도 같다.

아름다운 외모를 가진 연예인으로만 생각되었던 에바 페론에게는 뜻밖에도 사람의 마음을 움직일 줄 아는 힘이 있었다. 1946년 대통령 선거에서 에바 페론은 남편 후안 페론의 선거

유세 자리에 동행하며 대중으로부터 폭발적인 인기를 얻었다. 그녀의 아름다운 외모와 확신에 찬 연설은 아르헨티나 국민의 마음을 사로잡아 남편을 대통령으로 당선시켰다.

퍼스트레이디가 된 후 남편과 함께 노동자와 서민들을 위해 파격적인 복지정책을 내놓아 아르헨티나에서 '국민들의 성녀'로 존경 받기도 하였다. 그러나 현실을 고려하지 않고 정권유지를 위한 선심성 정책으로 나라 경제를 피폐하게 만든 장본인이라는 비판도 함께 받고 있다. 에바 페론의 성공 비결은 바로 사람들이 원하는 것을 파악하고 그것을 정책에 반영하는 수평적 리더십을 실천했기 때문이다.

2. 여성 리더는 개방적이어야 한다

개방적이라는 것은 태도나 생각 따위가 거리낌 없고 열려 있는 것을 말한다. 따라서 개방적 리더십이란 나와 다른 것에 대해서 거리낌 없이 받아들이는 것을 말한다. 개방적 리더십의 반대는 폐쇄적 리더십이다. 패쇄적 리더십은 남의 말에 귀를 기울이지 않고 자기의 고집과 독선으로 밀고 나가는 것을 말한다.

지금 한국 사회에서는 박근혜 대통령의 폐쇄적 리더십으로 인해 생긴 국정 농단과 인사 문제 등 여러 가지 국가적으로 혼란을 야기한 것에 대해서 많은 문제점을 지적하고 있다. 그 결과 대한민국 초유의 대통령 파면이 이루어 졌다. 이로 인해 국민들이 혼돈에 빠지고 정치 경제적으로 고착상태에 빠져 대한민국의 미래가 참담한 현실이다. 이처럼 사회가 혼란할수록 사람들은 개방적 리더십에 대한 기대가 커질 수밖에 없다.

강금실은 대한민국의 법조인으로 첫 여성 법무법인 대표, 첫 여성 법무부 장관 등을 지낸 상징성 있는 여성 리더다.

강금실은 서울대학교 법학과를 졸업하고 사법시험에 합격하여 판사로 법관생활을 시작하였다. 대학 재학시절에는 교내 탈춤반 활동을 하면서 사회현실에 눈뜨기 시작했고, 사회과학 서적도 꾸준히 읽었다. 서예에 조예가 깊은 부친의 영향으로 붓을 잡기도 했다. 이는 훗날 '인권변호사 강금실'을 만들어낸 토양이 되기도 했다.

전두환 정권 시절 서울 남부지원에 근무하면서 시위를 하다 즉심에 회부된 대학생들을 줄줄이 석방시켰다. 서울 북부지원 형사단독판사 시절에는 화염병 투척 혐의로 구속영장이 청구된 한국외국어대학교 학생을 도주 및 증거 인멸의 우려가 없다는 이유로 영장을 기각했다.

노무현의 참여정부에 들어서면서 공무원 사회도 변화의 급물살을 타기 시작했다. 노무현 대통령은 법무부의 비정상을 바로잡기 위해 검찰총장보다 무려 11기 아래 후배이자 판사 출신의 여성을 법무부장관에 기용하였다.

강금실은 법무부 장관이 되어 검찰 개혁을 단행해 지방에서 한직만 전전해온 숨은 능력 있는 검사를 발굴해 서울의 요직에 발탁했고, 주로 서울로만 돌던 귀족 검사들을 지방으로 내쫓았다. 대대적인 양심수 사면을 실시하고 '준법 서약제'를 폐지했으며, 소외된 소수자들의 인권 문제를 개선하기 위해 '외국인 지문 날인제도'도 없애버렸다. 그리고 일선 검사들이 소신껏 수사에만 전념할 수 있

▲ 강금실

도록 외부의 압력을 막는 개방적 리더십을 실천하였다.

강금실은 폐쇄적인 문화를 가진 검찰을 개방적인 문화를 가진

검찰을 바꾸기 위해서 노력하였다. 강금실은 장관으로서만 개방적인 리더십을 실천한 것이 아니라 자신의 삶에 대해서도 개방적이어서 판사 신분에서 시위 전력이 있는 사람과 결혼을 하였으며, 법무부 장관이 되어서는 관용차가 전부 검은색이었는데 흰색을 타고 다니면서 주목을 받았다. 주변에서는 강금실 장관의 이러한 개방적인 생활과 개방적 리더십에 대해서 파격적으로 보기도 한다.

개방적 리더십은 남의 말을 들어 주고, 나와 다르다고 해서 배척하는 것이 아니라 상대방을 이해하는 데서 출발한다. 개방적 리더십은 강압적이고 독단적 리더십과는 달리, 상대방의 입장에서 필요한 것과 도움이 될 만한 것을 제공하는 리더십을 말한다. 개방적 리더십이 성공하기 위해서는 내 입장에서만 생각하는 것이 아니라 내가 상대방의 입장이 되어 생각해보고 살펴보아야 가능한 것이다. 따라서 개방적 리더십은 여성들의 장점인 남의 말을 잘 들어주고 이해하려는 개방적인 성향을 바탕으로 한다. 결국 개방적 리더십은 여성의 장점을 최대한 살릴 수 있는 리더십인 것이다.

3. 여성 리더는 경청할 줄 알아야 한다

경청(傾聽)은 상대의 말을 듣기만 하는 것이 아니라, 상대방이 전달하고자 하는 말의 내용은 물론이며, 내면에 깔려 있는 동기(動機)나 정서에 귀를 기울여 듣고 이해하여 반응하는 것을 말한다. 사람의 귀는 외이(外耳), 중이(中耳), 내이(內耳)의 세 부분으로 이루어져 있는데 말을 들을 때는 세 부분을 다 거쳐야 한다. 이처럼 귀가 세 부분으로 이루어진 것은 남의 말을 들을 때에도 귀가 세 개인 것처럼 세 번은 들어야 한다는 경청의 중요성을 강조하는 것이다.

한 연구 보고에 따르면 일반인 중에서 85퍼센트 이상이 경청 능력이 평균 이하였고, 5퍼센트에도 못 미치는 사람들만이 경청 능력이 우수한 것으로 나타났다. 그리고 남의 말을 잘 들었어도 자신이 청취한 대화 내용의 25퍼센트만을 경청하게 되고 나머지 75퍼센트는 그냥 흘려 듣는다고 한다. 연구 결과를 보면 85퍼센트의 대부분 사람들은 남의 말을 잘 들으려 하지 않는 것으로 나타났으며, 경청을 해도 25퍼센트만 기억에 남는다는 것이다. 우리가 경청을 잘못하는 이유는 남의 이야기를 들어주려는 노력보다는 내가 하고 싶은 말을 더하고 싶기 때문이다.

경청을 잘하려면 막연하게 상대방이 하는 말을 잘 들어 주는 것만이 아니라, 상대방이 '말하는 바'를 귀담아 듣고 '하지 않는

심중의 말은 무엇인지'를 신중히 가려내며, '말하고자 하나 차마 말로 옮기지 못하는 바'가 무엇인지를 가려내야 한다.

　서울시 의사회 100년 역사상 최초로 여성 대표에 선출된 김숙희 회장은 리더에게 필요한 것이 경청이라고 강조한다. 김 회장은 서울시 의사회를 성공적으로 이끌기 위해서 강력한 열정과 추진력이 있는 리더로 인정을 받고 있다.

▲ 김숙희

　서울은 전국 시도 가운데 가장 많은 의사가 활동하는 곳으로 전체 의사의 32.8퍼센트가 밀집해 있다. 의사는 전통적으로 보수 성향이 짙기에 회장을 여성으로 뽑는 것에 대해서 부정적이었다. 그러한 보수적인 직업을 가진 의사들의 모임인 의사회에서 여성이 회장 후보로 출마해서 선출된 일은 매우 이례적이라 할 수 있다.

　김 회장이 서울시 의사회 회장에 선출된 데에는 여러 가지 중요한 이유들이 많지만 그 중에서 경청도 매우 중요한 역할을 했다는 것이다. 김 회장은 경청을 함에 있어서 다수의 의견만을 경청하는 것이 아니라 소수라도 회원의 의견을 경청해야 한다고 강조했다. 김 회장은 최근 일부 회원들의 의협회장 불신임 운동과 관련해 비판의 목소리가 있다는 것을 알고 그들의 목소리를 경청하려고 노력하였다. 김 회장은 조직이 화합하고 발전하기 위해서는 리더가 아픈 소리도 들어줄지 알아야 한다고 강조한다.

김 회장은 의원급 수가협상에서 전년 대비 3.0퍼센트 인상률에 합의하고, 메르스 사태를 계기로 의사회의 사회적 위상을 높인 리더로 인정을 받고 있다.

경청에는 소극적 경청(침묵)과 적극적 경청(반영적 경청)으로 나눌 수 있는데 소극적 경청(침묵)은 아무런 말도 하지 않은 것으로 모든 것을 수용한다는 것을 의미한다. 반면에 적극적 경청(반영적 경청) 단순히 듣기만 하는 것이 아니라 상대방의 속마음을 정확히 이해하고 언어적인 반응을 나타내는 것을 말한다. 적극적 경청이 소극적 경청보다는 상대방이 훨씬 더 많은 말을 하게 하여 상대방의 기분을 좋게 할 수 있다.

리더로서 효과적으로 경청하려면 리더는 말하는 사람이 어떤 말을 하든 인내심을 가지고 잘 들어주고, 말하는 사람이 무엇을 원하는지 핵심을 찾도록 노력해야 한다.

4. 여성 리더는 엄마 같은 포용력이 있어야 한다

포용력이란 남을 너그럽게 감싸 주거나 받아들이는 힘을 말한다. 포용력은 단순히 인간관계를 잘 맺어가기 위해 필요한 능력이 아니다. 최근 비즈니스계에서는 포용력이야말로 리더에게 반드시 필요한 능력이라고 말한다. 포용력이 있다는 것은 편견 없는 눈으로 사람과 사물을 바라보고 상대방을 감싸 주거나 받아들이기 때문에 구성원들의 잠재능력을 개발하거나 창의성을 표출시킬 수 있다. 그래서 오늘날과 같이 구성원들의 창의성이나 능력 발휘가 절대적 필요한 현대 사회에서 리더가 꼭 가져야하는 능력인 것이다.

최근에 부각되고 있는 리더십은 공감과 소통인데 이러한 소통하는 능력을 만들어 주는 것도 포용력이 기본이 된다. 일반적으로 여성은 남성보다 냉정하고 논리적이며 포용력도 더 깊다. 여성은 남성들 보다 가정을 운영하거나 자녀를 양육함에 있어서 포용력이 생활화되어 있다. 특히 엄마로서 포용력은 무한하다고 할 수 있다. 자녀들이 어떤 잘못을 해도 너그럽게 이해해주고 감싸 주기 때문이다. 따라서 포용력은 여성이 가진 최대의 장점이기도 하며 여성 리더가 가져야 할 중요한 리더의 덕목이다.

여성 리더들 중에서는 포용력을 활용하여 존경받고 추앙받는 리더들이 많다.

　라이베리아의 정치인·경제학자로서 여성 대통령인 엘런 존슨 설리프(Ellen Johnson-Sirleaf)는 포용력을 잘 활용한 여성 리더다.

　엘런 존슨 설리프는 라이베리아의 수도 몬로비아에서 태어나서 아프리카대학에서 회계와 경제학을 공부하였다. 미국으로 유학하여 하버드대학교에서 행정학 석사학위를 취득하였다. 유학을 마치고 귀국한 뒤 재무차관을 지냈으나, 대통령 톨버트의 경제정책에 반대하여 공직을 떠났다.

　정권과 갈등을 빚어 2차례 투옥되기도 하였으며, 상원의원에 출마하여 군사 정권을 비난하였다가 체포되어 10년형을 선고받은 후 풀려난 뒤 케냐로 망명하였다. 이후 케냐와 미국에서 생활하면서 국제연합개발계획의 아프리카 국장을 지냈다. 귀국하여 대통령 선거에 출마하여 아프리카 지역의 첫 여성 대통령으로 당선되었다.

　엘런 존슨 설리프는 군사 정권에 반대하다가 옥살이와 망명 생활을 하는 등 라이베리아의 민주화에 이바지하였으며 굳은 의지와 결단력을 보여 '아프리카의 힐러리'라고도 불린다. 엘런 존슨 설리프는 여성의 안전과 인권 그리고 여성이 평화를 이룩하는 활동에 전면적으로 참여할 권리를 얻기 위한 비폭력 투쟁을 이끌어 세계에 널리 평화를 확산한 공로로 노벨평화상을 수상하였다.

▲ 엘런 존슨 설리프

　엘런 존슨 설리프가 여성 리더로 성공한 원인은 남들보다 많은 포용력으로 아프리카에 사는 사람들의 행복을 위해서 자신의 어려움을 이겨냈다. 그리고 라이베리아에서 여성의 행복과 사람들의 인권을 포용하여 군사 정권과 맞서다가 정치적인 박해를 받고 감옥에 구금되어도 자신의 라이베리아의 약자를 위한 포용력을 굽히지 않았다. 이러한 그녀의 포용력은 아프리카에서 최초의 여성 대통령에 당선되게 하였으며, 노벨평화상을 수상하도록 하였다.

　중국 춘추시대 제(齊)나라를 부흥시킨 사상가인 관자는 "태산이 높아진 것은 한 줌의 흙도 마다하지 않았기 때문이며 하해(河海)가 깊어진 것은 작은 시내도 가리지 않았기 때문이다"라는 말로 리더가 가져야 할 포용력에 대해서 설명하였다. 결국 큰 인물이 되려면 모든 것을 가리지 않고 받아들이는 포용력을 가져야 한다는 것이다.

5. 여성 리더는 배려할 줄 알아야 한다

배려는 남을 도와주거나 보살펴 주려는 마음을 뜻한다. 리더십에서 배려는 대단히 중요한 덕목이다. 남을 먼저 생각하는 배려는 상대방으로 하여금 진심어린 충고와 충성을 받을 수가 있기 때문이다. 아무리 지위가 높은 리더라도 배려심이 없어 남을 도와주거나 보살펴 주려는 마음이 없다면 마음에서 우러나는 존경이나 충성을 받을 수 없다. 그러므로 배려는 구성원의 마음을 한 곳으로 모으고, 강한 충성심을 가져온다.

배려는 상대방을 이해하는데서 출발한다. 상대방의 이해를 바탕으로 상대방이 필요로 하는 것을 제공해주는 것이 진정한 배려다. 결국 배려는 상대방의 입장에서 필요한 것과 도움이 될 만한 것을 주는 것이다.

국민의당 대통령후보 안철수는 남을 배려하는 것이 얼마나 중요한지를 가르쳐주신 분은 부모님이셨다고 한다. 부모님께서는 무슨 일을 하건 간에 남을 먼저 생각하고 존중하라고 하셨고 늘 그것을 몸소 실천하셨다.

특히 안철수의 어머니는 안철수가 어릴 때부터 성인이 된 지금까지 한 번도 반말을 하지 않은 것으로 유명하다. 이러한 어머니의 대화에서 안철수는 많은 것을 배우고, 사회 생활하는 데 남을 배려하는 마음을 가지게 되었다.

안철수가 고등학교 때의 일이다. 급한 일로 택시를 타게 되어 어머니가 택시를 잡아주셨다.

어머니는 택시를 타고 가는 안철수에게 말했다.

"잘 다녀오세요!"

안철수는 답했다.

"네"

차가 떠나자마자 택시 기사가 안철수에게 물었다.

"혹시 저분이 형수님이시니?"

안철수는 말했다.

"아니요, 어머니인데요."

기사는 깜짝 놀라면서 말했다.

"학생은 훌륭한 어머니를 두었으니 나중에 그 은혜를 잊지 말고 잘 모셔야 한다."

그때까지 안철수는 어머니가 자기에게 존댓말을 쓰고 계시다는 것을 전혀 의식하지 못하고 있었다. 그러고 보니 어머니께서는 밥상을 차려놓고는 "식사하세요."하셨고 뭘 시킬 때에도 "하세요."라고 하여 어머니가 자신에게 늘 존댓말을 썼기 때문에 아무렇지 않았는데, 택시 기사가 어머니의 아들에 대한 존중과 배려심을 새삼스럽게 일깨워주었던 것이다. 택시 기사는 안철수의 어머니를 보고, 이런 어머니 밑에서 자란 사람이라면 분명 성공할 것이라고 생각하였고, 성공하면 꼭 어머니의 은혜를 잊지 말라고 당부하였던 것이다.

안철수는 사회생활을 하면서도 누구에게나 존댓말을 사용했다고 한다. 그러다보니 해군에서 대위로 군의관 생활을 하던 시절에도 부하나 하급자들에게 반말이 나오지 않아 애를 먹기도 했다. 부하에게 반말이 나오지 않아 "이것 좀 해줄래요?" 정도의 말만 했다고 한다.

또 안철수는 지금까지 남들 앞에서 화를 내본 적이 없다고 한다. 원래 남 앞에 잘 나서지 못하는 내성적인 성격인데다 부모님으로부터 받은 배려가 습관적으로 배어 있기 때문이다.

현대는 각박한 조직 문화와 자기 중심적인 핵가족 제도로 인해 개인주의와 이기주의가 일반화되어 가고 있다. 그래서 사람들은 자기 일에만 관심이 있고, 자기가 원하는 일만 하려는 성향이 많다. 또한 인터넷의 발달로 사람을 면대면으로 만나기보다는 온라인 상으로 만나는 것이 점점 편해지는 세상이 되었다. 이러한 관계가 지속되면 사람들은 점점 개인주의나 이기주의로 흘러갈 것이다.

개인주의나 이기주의를 없애기 위해서는 배려 리더십이 절실히 필요하다. 배려 리더십은 상대방을 도와주거나 보살펴 주려하기 때문에 더욱 빛날 수 있다. 누군가 어려울 때 그를 위해 등불을 밝혀주고 도움을 준다면 배려를 받는 사람은 인정받고 이해받는다는 데서 행복해 할 것이다. 실제로 세상을 살면서 나에

게 배려해 주는 사람이 있다면 더욱 호감이 가기 시작하고 이러
한 배려가 지속되면 배려해 주는 사람이 좋아지고 따르게 된다.
결국 여성 리더로서 성공하기 위해서는 배려심을 가져야 한다.

6. 여성 리더는 솔선수범해야 한다

조선 후기의 실학자인 정약용은 "부하들을 통솔하는 방법은 위엄과 믿음을 갖추는 것뿐이다. 위엄은 절제 정신에서 생겨나고 믿음은 솔선수범에서 나온다."고 하였다. 즉 좋은 관리가 되기 위해서는 몸가짐과 마음가짐을 바로 갖는 것이 중요하다는 것이다.

정약용은 수령의 마음가짐과 몸가짐을 절도 있게 해서 위엄을 갖추어야 백성들이 본을 보고 따른다고 하면서 수령의 솔선수범을 강조하였다. 위엄이란 사전적 의미로 존경할 만한 위세가 있어 점잖고 엄숙한 태도를 말한다. 엄숙은 아랫사람이나 백성들을 너그럽게 대하는 동시에 원칙을 지키는 것을 통해 자연스럽게 나타난다. 이러한 정약용의 사상은 정조라는 정치적인 거목을 통해서 굳어진 결과라 할 수 있다.

정조는 일생 동안 대의(大義)를 위하여 위엄을 가지고 개혁에 대한 솔선수범을 몸소 실천한 조선의 개혁적인 왕이었다. 정조의 개혁은 조선의 르네상스라고 불리울 만큼 격동적인 것이었다. 정조의 개혁은 여러 학문적 업적과 새로운 학문적 기풍을 마련하는 단초를 마련했다. 또한 백성을 살피며 생활에 지장을 주지 않으려 노력하는 어버이로서 왕의 모습을 보여 주었다. 그렇지만 정조의 개혁은 노론이라는 거대한 산을 완전히 넘지는 못하였다. 비록 정조 사후에 모든 개혁정책이 정지되긴 했지만 조선이 새롭게 변화할 수 있는 기틀을 마련하는 계기가 되었다는 점에서 중요한 역사적 의의를 지닌다고 할 수 있다.

정조의 개혁정책은 정조 사후에 모두 정지되어 역사의 뒤안길로 사라져 그 의미를 잃어버리고 있었다. 또한 단순히 왕권 강화를 위한 개혁만으로 이야기되고 있었다. 하지만 우리는 정조의 개혁정책을 알아보면서 정조의 개혁 정책이 단순히 왕권 강화만을 위한 개혁이 아니었음을 알 수 있었다.

정조는 이상을 좇는 군주였다. 나라와 백성을 위하는 군주였고 불합리에 맞서려 했고 어떤 벽에 부딪쳐도 도망치지 않으려 했다. 역사에 만약이란 단어는 없지만 만약 정조가 요절하지 않았다면 조선은 그렇게까지 급격히 몰락하지 않았을 것이고 조선 후기의 혼란상은 다른 모습으로 나타났을 것이다.

정약용은 정조와 끝까지 조선의 개혁을 이루고 싶었지만 운명은 용납하지 않았다. 그러나 정조의 삶을 통해서 정약용은 한 국가를 이루는 리더의 고뇌를 보면서 리더가 갖추어야 할 정신을 배웠다.

정약용은 정조를 통해서 모름지기 리더가 되기 위해서는 어디까지나 군림자가 아니라 봉사자가 되어야 함을 배웠다. 봉사자로서 리더가 되기 위해서는 백성들을 위하는 일이라면 어떠한 일이든지 해야 한다고 하였다.

정약용은 관리로서 리더십에서만 솔선수범이 중요하다고 본 것이 아니라 자녀 교육이나 학문을 함에 있어서도 솔선수범이 중요하다는 것을 강조하였다.

정약용은 36세에 황해도 곡산부사로 부임했을 때 두 아들을 위해 두 수레 가득 책을 싣고 와 '서향묵미각(書香墨味閣 : 책의 향기와 먹의 맛이 있는 방)' 이라고 이름 붙인 공부방을 직접 꾸며주면서 자녀에게 공부할 수 있는 분위기를 만들어 줬다.

정약용은 스스로 공부하는 모습을 보임으로 자녀들에게 공부가 인생을 결정하는 중요한 요인이 된다는 것을 몸소 보여 주었다.

정약용은 강진으로 유배를 가서도 한양에 두고 온 아들들이 절망적인 상황에서 공부를 하지 않고 방황하고 있는 사실을 알고, 매일 편지를 써서 자녀들에게 공부를 종용했지만 자식들은 따르지 않았다. 이에 정약용은 직접 불러 자식들에게 글을 가르치며 같이 공부를 해나갔다.

7. 여성 리더는 사회에 봉사할 줄 알아야 한다

봉사는 국가나 사회 또는 남을 위하여 자신을 돌보지 아니하고 힘을 바쳐 애쓰는 것을 말한다. 리더에게 필요한 정신이 바로 국가, 사회, 남을 위해서 봉사하는 자세라고 할 수 있다. 실제로 존경받는 리더의 특징을 보면 하나같이 국가, 사회, 남을 위해서 봉사를 하고 있다는 것이다. 봉사는 사회적으로 약자를 대상으로 기부하는 것이기 때문에 봉사활동 자체만으로도 훌륭한 리더가 될 수 있다.

「바람의 딸」이라는 책의 저자로 유명한 한비야는 국제구호활동가이기도 하다. 한비야는 홍익대학교 영문학과를 졸업하고, 미국 유타대학 대학원에서 국제홍보학 석사 학위를 받았다. 한비야는 여행을 다니면서 느낀 점을 「바람의 딸」, 「지구 세 바퀴 반」이라는 책을 출간했다. 한비야의 여행은 여성 혼자 육로로 이동하는 장기 배낭 여행이라는 점과 현지 주민들의 집에서 민박하는 방식으로 주목받았다. 이로 인해서 '바람의 딸'이라는 별명이 생겼으며, 이후에도 8권의 책을 내서 베스트셀러 작가로서도 유명세를 탔다.

한비야가 유명해진 이유는 늦은 나이에 한국 여성으로서 거의 최초로 세계 여행을 했고 그것도 오지 탐험을 한 모험가라는 사실을 높게 평가한다. 많은 여성들, 특히 여대생들에게 자주 최고의 롤모델로 뽑히곤 하는 인물 중 한 명이기도 하다.

한비야를 더욱 명성 있는 리더로 만들어 준 것은 6년간 60여 개국을 여행하면서 국제난민을 돕는 사업에 관심을 가지게 되면서부터다. 국제구호활동을 시작한 이후에는 미국 터프츠대학(Tufts University) 플레처스쿨(Fletcher School)에서 인도적 지원학으로 석사 학위를 받았다.

한비야는 2001년 10월부터 2009년 6월까지 국제구호개발기구인 월드비전에서 9년간 국제구호팀을 이끌었다. 팔레스타인 및 남아시아 쓰나미 현장을 방문하기도 하였다. 긴급구호팀장으로 현장에서는 식량 분야 실무와 대외 홍보를 맡다가 2012년부터는 '인도적 지원 전문가(Humanitarian Assistant Specialist)' 로 일하게 되었다.

2005년 펴낸 「지도 밖으로 행군하라」 이후 한비야가 몸담았던 월드비전의 해외 후원자 수가 급증하였다고 한다. 또한 두 명의 팀원으로 시작했던 월드비전 한국 국제구호팀은 재난 대응을 위한 월드비전 아시아태평양 및 아프리카 지역 구호팀원을 배출하고, WFP(세계식량계획)와 협력을 하기도 하였다.

광고 출연료 1억 원을 종잣돈으로 월드비전 세계시민학교를 시작했고 그후 「그건, 사랑이었네」의 인세 1억 원을 기부했다. 이밖에도 서울랜드에 마련된 세계시민교육관에서 오디오 가이드를 실시하고 있으며 2012년, 이 세계시민학교의 초대 교장으로 취임하였다.

한비야가 여성 리더로서 유명세를 타게 된 것은 배낭 여행을 통해서 자신의 경험을 책으로 출간한 이유도 있지만 존경받는 리더로 성장하게 된 것은 여행하면서 만난 어려운 사람들을 대상으로 국제구호활동을 했기 때문이다. 따라서 여성이 리더로 성장하기 위해서는 봉사를 생활화해야 한다.

국가적인 리더가 되려면 국가에 대한 봉사를 하고, 사회적인 리더가 되려면 사회에 봉사를 하고, 남들로부터 존경을 받으려면 남들에게 봉사를 해야 한다.

8. 여성 리더는 부하 직원들과 같이 식사할 줄 알아야 한다

우리가 쓰는 말 중에서 식구(食口)라는 뜻을 보면 첫째, 한집안에서 같이 살면서 끼니를 함께 먹는 사람. 둘째, 한 기관이나 단체에 속하여 생활을 함께 하는 사람으로 결국 밥을 같이 먹는 사람으로 생활을 같이하는 사람을 말한다. 그런데 요즘에는 식구라는 말 만큼이나 혼밥이라는 용어의 사용이 늘고 있다. 혼밥은 혼자 밥을 먹는 것을 말한다. 혼밥이 늘어가는 이유는 점차 1인 가구의 증가와 인간관계가 단절된 사람들이 증가하기 때문이다. 1인 가구가 증가함에 따라 혼술(혼자 술을 먹는 것), 혼놀(혼자 노는 것)과 같은 혼자 하는 문화가 사회현상으로 자리 잡았다.

과거 30년 전에는 1인 가구가 전체 가구의 7퍼센트도 되지 않았지만, 2016년에는 27퍼센트로 4배 가까이 늘었다. 과거에 혼자는 외로움과 직결됐다면 최근의 혼자는 편안함이라는 인식이 가장 많아졌다고 한다. 혼자 영화를 보는 사람이 늘어나면서 2016년에 영화표 '한 장'을 예매한 관객은 전체의 10.1퍼센트를 차지하고 있으며 이러한 관객은 매년 증가하고 있다.

혼자하는 문화의 확산은 여가생활이나 놀이를 즐기는 사람들을 겨냥한 1인 노래방이나 만화카페, 여행, 취미 등 여러 가지 시설과 분야로 늘어나고 있다. 사실 어느 나라 어느 사회에서건 혼자 밥을 먹고, 혼자 노는 것은 이상할 것이 없는 일이며 실제의 인식도 그렇다. 그리고 한국에서도 젊은 세대에서는 개인주의와 혼밥이 워낙 많이 퍼졌기 때문에 혼자 먹든 말든 별로 신경쓰지 않는다. 하지만 기성세대에서는 식사에 관념적 의미를 많이 부여하여 식사를 한다는 것은 여럿이서 같이하는 것으로 인식하고 있기 때문에 혼밥하는 사람은 '친구가 없다', '사회성 없는 사람'으로 인식하는 경우가 많다.

특히 리더는 조직 속에서 존재하는 것이기 때문에 리더는 혼자 식사를 하기 보다는 사람들과 어울리면서 식사를 해야 한다. 식사를 하는 동안 세상 돌아가는 일에 대한 대화를 하면서 식사하는 사람들과 친분을 쌓아간다. 그래서 식사는 친한 사람하고만 한다는 것이 일반적인 정서다.

청와대에서 근무했던 조리장은 박근혜 대통령은 청와대에서 자주 홀로 식사를 했다는 증언을 하였다. 국민들은 일국의 대통령이 매일 정부 각료와 비서실 사람과 국민들을 만날 텐데 그 많은 만남을 가지면서도 혼자 식사를 했다는 것은 일반인과 같지 않은 문제 행동이라고 보았던 것이다. 국민들은 대통령의 정신 상태에 문제가 있는건지, 아니면 자신을 너무 귀한 존재로 인식하여 일반인과는 식사를 꺼렸는지를 궁금해 하고 있다. 결국 국민들은 한 나라의 지도자는 혼자 밥을 먹는 것보다는 많은 사람과 식사 자리를 같이하길 원한다는 것이다.

혼자서 하는 걸 즐기는 인구가 늘어가는 것만큼 혼자 하는 사람들에 대한 우려가 증가하기도 한다. 1인 문화가 이미 활발하게 진행되고 있는 일본에서는 1인 가구 증가와 인구 감소, 고령화 사회로 인해 아무도 모르게 죽음을 맞이하는 고독사가 증가하여 심각한 사회 문제로 대두되기도 했다.

　가끔은 혼자만의 시간을 갖는 것은 좋지만, 혼자만의 시간이 너무 오래 지속되면 결국 구성원들과 친해질 수 있는 기회를 버리는 것이고, 구성원들의 감정을 이해하기 어려운 리더가 될 것이다. 따라서 성공하는 리더가 되기 위해서는 부하 직원들과 같이 식사할 줄 알아야 한다.

9. 여성 리더는 경조사를 잘 챙길 줄 알아야 한다

사람들은 누구나 좋은 인연을 맺고 싶은 욕구가 있다. 그러나 마음만 먹는다고 해서 좋은 인연이 맺어지는 것은 아니다. 좋은 인연을 맺기 위해서는 그만큼 공을 들여야 한다. 좋은 인연을 맺기 위해서 필요한 것이 바로 경조사에 참석하는 것이다.

한국 사회에서 중요한 행사가 경조사에 관련된 들이다. 경조사는 축하할 일과 애도할 일을 아울러 이르는 말로, 축하할만한 경사로는 결혼식, 돌잔치 등이 있으며, 애도할 조사의 대표적인 예로는 장례식이 있다. 경조사가 있는 경우에는 회사, 지인 또는 친인척이 경조금을 주는 것이 일반적이다. 경조사가 발생하면 사람들이 참석해서 기쁨과 슬픔을 나눈다는 데서 의미 있는 일이다.

경조사는 사람들이 집단을 이루어 사는 농경사회에서 자연스럽게 생긴 풍습이다. 농경사회에서는 노동력을 공유하는 협동하는 사회였기에 집안에서 경조사가 발생하면 동네 사람들이 슬픔을 위로 해주거나 기쁨을 축하해 주는 것이 자연스러운 현상이었다.

이러한 전통은 조선시대에 들어와 촌락 단위로 관습화되어 내린 환난상휼(患難相恤 : 곧 어려운 일을 당하면 서로 돕는 공생공존)의 전통이 체계화 되었다. 그리고 향약(鄕約)이나 두레(서로 도와 일함)처럼 경조사를 서로 위로해주고 축하해주는 일이 마을의 중요한 행사로 자리를 잡아갔다. 당시 부조금의 액수는 향약의 경우 마을별 약간의 차이는 있지만 공동금고에서 쌀 열 말 정도의 정성을 보였고, 개인적으로는 쌀 서 되에서 닷 되 정도가 일반적이었다. 그것도 조사에 그 정도이고 경사에는 반 정도였다고 한다. 그야말로 정성 그 자체를 표현하는 것이었다.

이러한 조선시대의 전통은 현재까지 이어져 집안에 경조사가 생기면 많은 조문객이나 하객이 방문해주기를 바란다. 조문객이나 하객의 수가 그 집안의 명성이나 위세를 짐작할 수 있는 척도라고 생각하는 사람도 많고, 가까운 사람은 경조사에 꼭 참석해줄 거라는 기대감도 가지고 있다.

경조사에 참석하는 것이 일반인들도 중요한 행사가 되었듯이 성공하는 리더가 되기 위해서는 더욱 경조사가 생기면 빠지지 말고 참석해야 한다. 실제로 친한 사이였지만 경조사에 참석하지 않았다는 이유로 인해서 불쾌하게 생각하거나 인연을 끊는 경우도 있다. 따라서 경조사에 참석하지 않는 다는 것은 구성원들에게 인심을 잃게 되고, 나쁜 사람으로 낙인이 찍힐 수도 있다는 것을 알아야 한다.

경조사에 대한 참석은 남성들이 사회생활을 주도하기 때문에 과거에는 경조사에 가면 남성이 여성보다 월등히 많았지만 점차 여성의 참석 비율도 증가하고 있다. 그러나 아직까지 즐거운 경사보다는 슬픈 조사에 가면 남성들이 많다. 사람들은 경사는 가지 않아도 되지만 조사는 꼭 참석해야 한다는 고정관념도 가지고 있다. 따라서 여성으로 리더가 되고자 하는 사람은 아는 사람들의 경조사에 빠지지 말고 참여를 해야 한다.

실제로 성공한 리더들을 보면 자신의 구성원들이 겪는 경조사에 대해 빠짐없이 참여하고 있는 것을 알 수 있다. 그래서 리더들은 부조금 부담도 부담이지만 휴일을 쉴 수가 없을 정도로 많은 경조사에 참석하고 있다.

Part 003

제3장

여성 리더의 기본 비전

비전(vision)이란 미래에 대한 구상 즉 꿈이나 장래 희망을 말하며, 목표는 정해진 시간과 비용이라는 제약조건 하에서 달성하고자 하는 특정하고 측정 가능한 성취 상태를 말한다. 따라서 성공하기 위해서는 비전과 목표가 뚜렷해야 한다. 결국 비전을 수립한다는 것은 성공하기 위한 방향을 설정하는 것과 같다.

1. 비전이 있어야 인생이 행복하다

세 사람이 물도 다 떨어진 채 사막을 횡단하고 있는데 우연히 사막의 한가운데서 상인을 만났다. 상인은 세 사람에게 물었다.

첫 번째 사람은 더럽고 땀투성이의 얼굴에는 불만스러운 표정이 가득했다.

그 사람에게 상인은 물었다.

"지금 왜 힘들게 사막을 횡단하고 있는 거죠?"

첫 번째 사람은 대답했다.

"친구따라 이 길을 무작정 걷고 있습니다. 너무 힘들어서 후회만 됩니다. 하루빨리 집으로 돌아가고 싶습니다."

두 번째 사람 역시 더럽고 땀투성이의 얼굴에는 불만스러운 표정을 짓고 있었다.

두 번째 사람에게 상인은 물었다.

"지금 왜 힘들게 사막을 횡단하고 있는 거죠?"

두 번째 사람은 대답했다.

"부모님이 저쪽 마을에 심부름을 시켜서 억지로 가고 있어요."

세 번째 사람도 더럽고 땀투성이였지만, 즐겁고 행복한 표정을 짓고 있었다.

그는 다른 두 사람만큼 열심히 길을 걷고 있었지만 힘은 훨씬 덜 들어 보였다.

세 번째 사람에게 상인은 물었다.

"지금 왜 힘들게 사막을 횡단하고 있는 거죠?"

그러자 그가 대답했다.

"저는 지금 사막을 탐험하고 있습니다. 이 길을 걷는 사람들에게 지도를 만들어 주려고요."

여러분은 지금 어떤 생각을 가지고 인생을 살아가고 있는가? 비전을 갖지 못하면 우리의 삶은 막연히 남을 모방하는 삶을 살던지, 어쩔 수 없어서 사는 삶을 살게 된다. 그러나 비전을 가지면 우리의 인생은 목적이 있기 때문에 즐거울 수밖에 없다. 지금 하고 있는 일 자체에 목적을 두지 말고, 일을 통해 어떤 목적을 달성하고자 하는 비전을 세워보면 어떨까?

비전이 없다는 것은 우리의 인생이 죽은 것과 다를 바가 없다. 비전이 있으면 정확한 목표가 있기 때문에 목표를 달성하는 일이 고되고 힘들어도 즐겁다. 그러나 비전이 없으면 하는 일에 목표가 없으므로 재미가 없다. 또한 수동적인 자세로 일을 대하기 때문에 성과도 없다. 결국 비전이 없으면 우리의 인생은 즐겁지 않지만, 비전이 있으면 자신의 꿈을 실현하기 위해서 살아가기 때문에 우리의 인생은 행복해진다.

미국의 샌프란시스코에 있는 리츠칼튼 호텔에서 있었던 일이다. 리츠칼튼 호텔에서 근무하는 사람들이 매우 많았는데 그 중에서 방을 청소하는 역할을 담당한 버지니아 아주엘라라는 여성 직원이 있었다. 대부분의 사람들은 그녀를 궂은 일이나 하는 청소부라고 무시했지만 그녀는 자신의 일이 손님들에게 깨끗한 환경을 제공하여 기쁨을 주는 서비스를 제공하는 일이라고 생각하고 즐거워하였다. 그녀는 자기 일에 긍정적인 생각을 가지고 손님들에게 자신만의 독특한 방법으로 감동을 주자는 비전을 가지게 되었다. 그래서 그녀는 자신이 서비스한 객실의 고객들에 대한 특성과 습관을 일목요연하게 정리하여 두고 그 고객이 다시 호텔에 방문하였을 때 취향에 맞는 객실 서비스를 제공하여 고객들에게 감동을 선사하였다. 후에 그녀는 호텔 종사원에게 주어지는 가장 영예로운 상을 수상하게 되었다.

만약 그녀가 남들이 생각하는 대로 궂은 일이나 하는 청소부라고 자신을 창피하게 생각하거나 쑥스러워했다면 그는 평생을 힘든 청소부 일만 해나갔을 것이다. 그리고 자신의 어려운 인생을 비관만 하면서 살아갔을 것이다. 그녀는 똑같은 청소부 일이었지만 손님을 즐겁게 하는 것이 가치있는 일이라고 생각하고 손님들을 즐겁게 해야겠다는 비전을 가졌다. 비전을 가지고 청소를 하니 일 자체가 그녀에게 행복을 가져다주었다. 뿐만 아니라 비전을 가지게 됨에 따라 구체적인 전략을 갖고 손님들에게

감동을 줄 수 있는 방법을 실천함으로 가장 영예로운 상도 받을
수 있었다.

이처럼 버지니아 아주엘라는 남들이 보기에는 보잘것없는 직
업을 가지고 있었지만 비전을 가지고 있었기 때문에 남들보다
행복한 삶을 살 수 있다는 것을 보여준 사례다.

여러분은 비전이 주는 행복을 느껴 보았는가? 아직 비전이 주
는 행복을 느껴보지 못했다면 비전을 가지라. 내일 아침이 유난
히 찬란해 보일 것이다.

2. 비전 없는 사람이 가장 불쌍한 사람이다

미국에서 태어난 헬렌 켈러는 세상에 태어난 지 9개월 만에 큰 병을 앓아 시력을 잃었고, 들을 수 없게 되었으며, 입으로는 말도 할 수 없는 '삼중고'의 가련한 장애인이 되었다. 그는 모든 장애를 가지고 있으면서도 하버드 대학을 졸업하였으며 유명한 저서까지 남겼다. 헬렌 켈러는 자신의 불행에 좌절하지 않고 불가능을 극복하여 장애인들에게 희망의 상징으로 큰 힘과 용기를 주었다. 미국 언론사 타임(TIME)지는 헬렌 켈러를 20세기의 위대한 100명의 인물에 선정하기도 하였다. 헬렌 켈러는 "가장 불쌍한 사람은 시력은 있지만 비전이 없는 사람"이라고 말했다. 이는 꿈이 없는 사람은 시력을 잃은 것보다 불쌍하고, 말을 못하는 것보다 불쌍하고, 듣지 못하는 것보다 불쌍하다는 것을 의미한다. 반대로 장애를 가졌더라도 비전만 있으면 행복하다는 것을 의미한다.

비전이 있는 사람과 비전이 없는 사람은 엄청난 차이를 가져온다. 영국의 수상이었던 마거릿 대처는 영국을 다시 한 번 세계 최고의 나라로 만들어야겠다는 비전을 가졌다.

19세기에 "사상 최고 최대의 제국"을 자랑했던 영국의 국가 세금은 세계대전 이후 쭉 내리막길을 걸었다. 1970년대에 들

▲ 마거릿 대처

어서면서 영국은 경제적 어려워지기 시작하였고, 세금은 많고, 일자리는 없는 "영국병"을 낳으며 심각한 상태에 처해 있었다. 영국 경제는 실질성장률 마이너스, 실업률 4~6퍼센트, 인플레이션 15퍼센트라는 지표를 보였으며 새로 기업을 창업하려는 사람들의 의지를 꺾는 복잡한 정부규제와 무거운 세금, 걸핏하면 벌어지는 노동조합의 투쟁으로 사회 전반에 영국은 희망이 없는 나라로 추락하고 있었다. 이런 암울한 상황을 극복하려면 뭔가 새로운 대안이 필요하다는 인식이 팽배했다. 그런 새로운 대안은 정책에서 뿐만아니라 영국을 이끌 새로운 리더를 필요로 했다.

마거릿 대처는 희망을 잃어가던 영국을 외교와 안보에서 국방력을 강화하고 세계적 지위를 회복한다는 기치를 내걸었다. 여성 정치인에게 보수적이었던 영국에서 보수당 최초의 여성 당수에 이어 영국 최초의 여성 수상이 되었다. 서구 국가들 중에서 최초의 민선 여성 최고통치자이기도 했다.

여성 수상이었기 때문에 여느 수상보다 훨씬 많은 주목을 받았고, 영국을 넘어 세계적으로도 이름난 정치인이 되었지만 정계에서는 입지가 튼튼하지 않았다. 아직도 정치는 남성의 영역이라고 보는 의원들, "많이 키워줬더니 그녀가 배신했다"며 이를 갈던 보수당 원로들은 꼬투리만 잡았다 하면 물고 늘어졌다. 심지어 그녀의 각료들까지도 그녀를 수상으로 대접하지 않았다. 하지만 "철의 여인"은 조금도 위축되지 않았으며, 강한 영국을 만들겠다는 그의 비전에 도발할 정치인은 사실상 없어져 버렸다.

대처 수상은 아르헨티나 근해의 영국령 포클랜드 섬을 아르헨티나가 무력 점령하자, 외교적 타협을 권하는 내외의 목소리를 일축하고 해군 기동부대를 파견했다. 결과는 두 달 만에 아르헨티나가 손을 드는 것으로 끝났고, 대처는 "대영제국의 영광이 되살아났다"며 한껏 기뻐했다. 이는 사실 그녀가 국방력 강화를 말하면서도 정작 국방비는 대폭 감축해 버린 후에 벌어진 사건으로, 위험천만한 일이었으나 대처와 영국에게는 결과가 좋게 끝난 것이었다.

정치인으로서 대처는 여느 영국 정치인들과 다르게 유머감각이라고는 없었고, 말도 거창하고 화려한 표현을 쓰지 않고 필요한 말만 했다. 그래도 두각을 나타낼 수 있었던 것은 역으로 필요한 말만 한다는 점, 과학도답게 연설에서 반드시 통계수치와 계량적 지표 등을 내세우며 듣는이의 신뢰감을 높인 점, 그리고 무엇보다 여성이면서도 당차고, 열정적이고, 강철 같은 비전을 내보인 점에서 찾을 수 있다.

3. 비전을 가져야 여성 리더가 될 수 있다

성공은 우연히 찾아오는 것이 아니라 준비하는 사람의 것이라는 말이 있다. 성공을 기대도 하지 않았는데 찾아오는 법이 없다는 말이다. 성공을 기대하지 않는 사람에게는 성공이 찾아와도 성공인지를 모르고 지나가는 경우가 대부분이다. 따라서 정확한 비전을 가지고 있어야 성공할 수 있다.

일본인들이 많이 기르는 관상어 중에 '코이(KOI)'라는 관상용 잉어가 있다. 이 잉어를 작은 어항에 넣어 두면 5~8센티미터 밖에 자라지 않지만, 아주 커다란 수족관이나 연못에 넣어 두면 15~25센티미터까지 자란다고 한다. 그러나 강물에 방류하면 90~120센티미터까지 성장한다고 한다. 놀랄 만큼 성장할 수 있는 코이가 어항 속에서는 조무래기가 되는 이유는 코이가 어떤 환경이든 쉽게 스스로 적응해버리기 때문이다. 익숙해진다는 것은 이렇게 무서운 것이다. '코이'는 자기가 숨쉬고 활동하는 세계의 크기에 따라 조무래기가 될 수도 있고 대어가 되기도 하는 것이다. 비전이란 '코이'라는 물고기가 처한 환경과도 같지 않을까? 더 큰 비전을 꿈꾸면 더 크게 자랄 수 있다. 성공하는 삶 역시 항상 커다란 비전과 함께 시작된다. 코이의 크기를 결정하는 것은 비록 환경이지만 어떠한 환경을 선택할 것인가 하는 것, 즉 우리 스스로를 어항에 머물도록 할 것인지 커다란 강으로 인도할 것인지를 결정하는 것은 바로 우리 자신이기 때문이다.

그러나 어떻게 생각하면 이 '비전을 찾는다는 것'은 정말 쉬운 일이 아니다. 비전과 목표라는 것은 누군가 나에게 쥐어주는 것일 수도 있고, 스스로 세울 수도 있다. 한 번도 비전을 어떻게 찾아야 하는지를 배워본 적이 없는 사람에게는 비전을 달성하는 것 이상으로, 자신의 비전을 찾는 방법을 아는 것이 쉽지 않다는 것이다. 그 이유는 자신의 마음속 깊이 인정하지 않은 비전과 목표의 경우 달성하기도 쉽지 않을 뿐더러, 달성한다고 해도 행복하지 못하기 때문이다. 비전을 좀 더 쉽게 찾기 위해서는 다음과 같은 방법을 권하고 싶다.

성공하기 위한 개인과 조직의 비전은 현실적이어야 한다. 희망적인 단어들의 나열이라면 현실과 동떨어질 수밖에 없다. 성공하기 위해서는 자신이나 조직의 현실을 정확히 인식하고 미래에 대한 변화 방향을 인식하고 비전을 수립하는 것은 매우 중요하다. 예를 들면 "나는 무엇이 되는 것이 좋을까?", "나의 적성에는 어떤 일이 가장 맞을 것인가?", "내가 가장 잘 알고 싶게 접근할 수 있는 일은 무엇일까?", "지금하는 일에 대하여 좀 더 폭넓은 지식을 얻기 위해서는 어떻게 해야 할까?", "지금하는 일과 어떤 일을 병행하면 더욱 효과적일까?", "미래에는 어떤 일을 하면 좋을까?" 등에 대한 충분한 사고를 통하여 자신에게 맞는 비전을 세워야 한다.

성공하기 위하여 비전을 세웠다면 그 비전을 달성하기 위하여 어떤 종류의 노력이 얼마만큼 필요한가라는 정확한 목표를 세워야 한다. 정확한 목표에 부합하는 구성 요인들을 계획하고 분석하면 그만큼 목표를 잘 달성할 수 있다. 따라서 정확한 목표를 설정하기 위해서는 "내가 행동을 취했을 때 나타나는 결과가 무엇인가?", "목표를 달성했을 때의 성과는 구체적으로 어떻게 될 것인가?", "목표 달성에 대한 구체적인 날짜와 시간은 어느 정도 필요한가?", "목표 달성에 대한 재정, 인적 자원, 물적 자원은 어느 정도 필요한가?", "목표 달성을 위해 투자한 자원들에 비하여 얻은 것은 얼마나 되는가?"를 고려해야 한다.

4. 비전이 커야 성공도 크다

비전의 설정을 크게 잡는 것은 우리의 마음이다. 비전을 크게 잡을 수도 있고, 작게 잡을 수도 있다. 일부의 사람들은 자신이 처음 시작하는 시점에서는 꿈을 작게 잡는 경우가 많다. 그러나 옛말에 "호랑이를 그리려다 못 그리면 고양이를 그리고 고양이를 그리려고 하면 아무것도 못 그린다."라는 속담이 있다. 이는 꿈을 크게 그리면 비전을 다 실행하지 못하여도 상당히 성공에 가까이 가나 비전이 작으면 결국 실패할 확률이 높다는 것을 의미한다.

비전을 설정하기 위하여 투자해야 하는 노력은 큰 비전이나 작은 비전이나 같다. 따라서 이왕 같은 노력을 들일 바에는 꿈은 크게 그려 보자. 역사 속에는 커다란 비전을 가짐으로 인하여 자신의 성공은 물론 세계를 변화시킨 인물들이 많다. 그 중에서도 칭기즈 칸 만큼 커다란 꿈을 그리고 이를 실현시킨 사람은 많지 않다.

칭기즈 칸은 워싱턴포스트지에서 "세계를 움직인 가장 역사적인 인물" 중 첫 번째 자리에 뽑히면서 역사 속에 새롭게 등장하였다. 그는 혹독한 역경을 딛고 일어서서 개방적이면서도 카리스마가 넘치는 리더십을 가지고 세계를 지배하였으며 그가 세

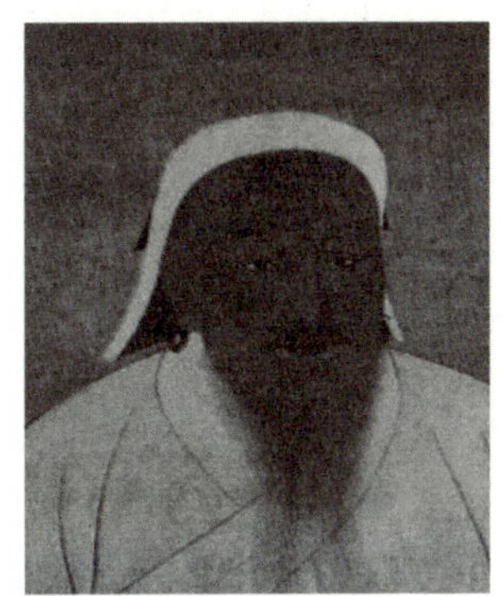

▲ 칭기즈 칸

운 세계 정벌 기록은 누구도 깨기 어렵게 하였다. 그래서 그런지 칭기즈 칸을 주인공으로 하는 TV프로그램이나 서적이 등장하면서 칭기즈 칸의 리더십에 대하여 관심을 가지는 사람들이 늘어가고 있다.

칭기즈 칸의 성공은 그냥 이루어진 것이 아니다. 수많은 역경과 고난 속에서도 그는 준비된 리더였다. 그는 개방적 사고로 능력만 있으면 노예나 외국인을 가리지 않고 중용하였다. 성과가 있는 장병에게는 똑같이 상을 나누어 주었다. 황제였지만 왕궁을 짓지 않고 천막에서 비단 옷을 입지 않고 백성들과 같은 생활을 하였다. 백성들에게 아버지와 형으로서 나라를 통치하였다. 가족이나 삼촌들도 법을 어기면 엄격하게 법을 적용하였으며, 항복하는 나라는 우방이 되었으나 저항하는 나라에게는 잔혹한 정벌자가 되었다.

이러한 리더십보다 칭기즈 칸을 더욱 빛나게 한 것은 커다란 비전을 소유하였다는 것이다. 칭기즈 칸은 일찍이 과거에도 없었고 누구도 가능하리라고 생각하지 않았던 것을 가능하게 만든 대단한 비전을 소유하였다. 자신의 목표를 공동의 목표로 만들어 목표가 달성되기가 무섭게 곧 다음의 새로운 공동목표를 만들어 쉬지 않고 달리도록 그의 부족을 이끌어 갔다. 그리고 그 비전은 나라를 만드는 것, 주변국가로부터 위협을 없애는 것, 아예 중원을 경영하는 것, 나아가 천하를 통일하는 것, 그 천하는 중국 땅을 넘어 사람이 살고 있는 모든 땅으로 계속 커져만 갔고 그 꿈들은 하나씩 하나씩 실현시켜 나갔다.

칭기즈 칸은 자신의 꿈을 실현시키기 위하여 병사들과 백성들에게 멀티 플레이어가 되어야 적은 인원으로 멀리 있는 큰 나라들을 정벌할 수 있다는 것을 가르쳤다. 그래서 빠른 속도를 낼 수 있는 기마병 위주로 군을 편성하고 멀티 플레이어 장병들을 육성하여 세계 정벌의 꿈을 이룬 것이다. 백성들은 불가능하다고 생각한 세계 정벌을 칭기즈 칸의 리더십으로 인하여 가능하다는 것으로 인식이 바뀐 것이다. 칭기즈 칸의 성공 비결은 자신이 세운 커다란 비전을 공유함으로 인하여 백성들에게 희망을 주었기 때문이다. 그의 리더십은 오늘날 우리에게 필요한 리더십이라 할 수 있다.

만약 칭기즈 칸이 유목민의 아들로서 목동으로 크겠다는 비전을 가졌다면 그는 목동으로 성공하였을 것이다. 그러나 그의 비전은 세계를 정복하겠다는 커다란 비전을 가졌기 때문에 세상을 정복하여 세계 역사상 가장 위대한 정복자가 되었다.

비전을 가지고 있는 사람은 그 비전을 이루기 위한 출발을 해야 하는데, 그 비전을 성취하기 위한 출발점은 항상 현재이다.

인생의 최종 목적을 확정한 사람은 현실로 돌아와서 현재의 상황을 분석하고 새로운 출발을 해야 한다. 비전이 크면 클수록 현실에 더욱 충실해야 한다. 현실적으로는 게으르고 나태하면서 "무언가 큰일을 이룰 수 있겠지?"라고 생각하는 사람은 비전을 가진 사람이 아니라 망상에 사로잡혀 있는 사람이 되기 쉽다.

5. 비전은 포기하지 않으면 꼭 실현된다

비전을 세워서 포기하지 않으면 꿈은 꼭 실현될 수 있다. 비전이 있기 때문에 인생의 목표가 생기고 그 목표를 향해서 도전하면 결과는 비전을 실현시키게 된다는 것이다. 에스티 로더는 어릴 때부터 여성들에게 여성들을 아름답게 만들어야겠다는 비전을 세우고 그 비전을 실천하여 결국 오늘날과 같은 세계적인 화장품의 대명사인 '에스티 로더'라는 회사를 만들었고, 이 회사에서 나온 수많은 화장품으로 인해 세계 여성들의 꿈을 이루어 주고 있다.

에스티 로더는 미국의 세계적인 화장품 기업 '에스티 로더'의 창업주로 '세계 화장품 업계의 거장', '세일즈의 귀재'로 불린다. 에스티 로더는 미국 퀸즈(Queens)에서 8자매 중 6번째로 태어났다. 어릴 때부터 친구들에게 화장해 주는 것을 좋아하면

▲ 에스티 로더

서 평생 사람들을 아름답게 만들어야겠다는 비전을 갖게 되었다. 에스티 로더는 어릴 때 피부과 의사였던 삼촌이 개발한 화장품을 보면서 화장품을 만들어야겠다는 비전을 세웠다. 에스티

로더는 삼촌에게 자신의 비전을 말하고 화장품 제조 지식을 전
수받아 함께 만든 클렌징 제품을 시작으로 집에 작은 연구실을
만들고 본격적으로 화장품을 만들기 시작했다.

에스티 로더는 평소 단골이었던 미용실의 작은 코너에서 직접
만든 화장품을 판매하기 시작했다. 그녀는 뷰티 살롱 손님들 얼
굴에 직접 자신이 만든 화장품을 발라주었고, 우수한 제품력과
적극적인 마케팅으로 사업이 번창하기 시작했다. 그녀는 유대계
본명인 조세핀 에스터 로터를 부르기 쉽고 기억하기도 쉬운 에
스티 로더로 개명한 후 브랜드 이름 또한 자신의 이름과 똑같이
에스티 로더로 확정했다.

제2차 세계대전이 끝나자 에스티 로더의 제품은 뉴욕의 많은
미용실에서 인기를 끌었다. 이에 에스티 로더는 본격적으로 남
편과 함께 뉴욕 맨해튼에 사무실을 열고, 1946년 '에스티 로더
코스메틱스'라는 이름의 회사를 설립했다. 이후 수많은 화장품
을 개발하여 세상의 여성들에게 예뻐지고 싶은 욕망을 자극시
켰다.

에스티 로더는 "아름다운 여성이란 항상 건강하고 윤기 있는,
자연스러운 피부를 가지고 있어야 한다. 건강이란 육체적 건강
과 정신적 건강 모두를 말한다."라고 주장하였다. 또한 에스티
로더는 단순히 아름다워지는 것이 아니라, 아름다움을 유지할
수 있다는 것을 여성들에게 보여 주고 싶어 했다. 에스티 로더는

아름다움이란 건강한 피부에서 시작한다는 철학을 실천하기 위해 R&D 투자에 주력을 다하고 있다. 이처럼 여성의 건강과 피부를 동시에 말하는 에스티 로더의 철학처럼 에스티 로더 브랜드는 '피부에 관한 기초 과학'을 지향하고 있다.

뿐만 아니라 에스티 로더의 며느리, 에블린 로더는 수익의 일부를 여성들에게 돌려주기 위해서 유방암 예방 및 치료법 개발을 위해 비영리 재단인 유방암 연구 재단을 설립했다. 이 연구 재단에서는 지난 20여 년 간 전 세계 70여 개국에서 진행되는 유방암 의식 향상 캠페인을 통해 530억 원(4천 8백만 달러) 이상을 유방암 연구 및 의료 서비스를 위해 지원하며 사회 환원에 힘쓰고 있다.

사람들은 자신이 처한 현실을 부정적으로 보는 경우가 있다. 그래서 자신의 처지가 자신의 비전을 세우는데 단점으로 작용한다고 생각한다. 그래서 스스로 비전을 세우는 것을 두려워해서 포기하기도 한다. 그러나 비전을 세우는 데는 연령과 성별에 따라 차이가 있지 않다. 즉 비전은 누구든 세울 수 있다는 것이다. 다만 비전을 설정하였다고 해서 꼭 성공하는 것은 아니지만 비전을 갖고 꾸준히 도전한다면 언젠가 이루어질 수 있는 것이 비전이기도 하다.

6. 어려움을 두려워하지 말라

요즘의 젊은이들에게 꿈이 무어냐고 물어보면 꿈이 없거나 깊게 생각해 본적이 없다는 이야기를 자주 듣는다. 꿈이 없는 사람이 많은 사회나 국가는 희망이 없다. 결국 한국 사회가 건강해지려면 젊은이들이 꿈을 가져야 한다. 그러나 비전 없이, 아무 생각 없이 잘 살고 있는 사람들에게 비전을 가지라고 하면 두려워한다. 비전을 가져보지 않았기 때문에, 또는 비전을 갖기 위하여 어떻게 해야 할지 몰라서 당황하는 어색함도 있다. 자신에 대한 부정적인 생각이 자신의 앞날을 가로막기 때문이다.

그러나 비전을 세우는 것은 무료다, 돈이 들지 않는다. 다만 최소한의 시간이 들 뿐이다. 자기 자신을 콘트롤하여 원하는 것을 도출해 내고자 하는 마인드콘트롤(mind-control)이라는 말이 있다. 자신을 믿고 자신을 긍정적으로 생각한다면 무엇이든지 할 수 있다는 생각을 가질 수 있다. 그러면 자연적으로 비전이 생기고 그것을 실현하면서 도전의식이 생겨 성공에 이르게 된다.

그러나 일반적인 사람들은 살면서 큰 비전을 갖지 않았기에 평범한 삶을 살면서 비전을 세우기보다는 하루하루 만족하는 생활을 하고 있다. 그러다 보니 큰 비전이 필요없는 것이다. 때로는 비전을 세웠다가 현실적인 문제나 자신의 나태함으로 인하여 중도에 포기하는 경우도 있다. 이러한 경험은 다시 비전을 세우는 것에 대하여 불편한 생각을 가질 수밖에 없다. 그러나 "인생을 즐겁게 살기 위해서는 아무 일 없는 평온한 삶의 연속이기 보다는 적당한 긴장감을 가지고 사는 것이 좋다."라는 말이 있다. 따라서 자신이 실천할 수 있는 적당한 비전은 자신의 정신과 생활을 건강하게 하는 힘이 된다.

그러나 평탄한 삶을 사는 사람들보다는 대부분의 사람들은 세상을 살다보면 숱한 고난과 어려움을 겪게 되고 내 의지와 상관없는 불행이 따른다. 어느 누구도 그러한 삶을 기대하지 않는다. 이러한 삶을 줄이기 위해서도 비전을 세워야 한다. 비전을 세우는 것이 세우지 않는 것보다 성공에 이르는 확률이 높다면, 더욱이 전혀 비용이 들지 않는다면 비전을 크게 가져보면 어떨까?

하수와 고수가 바둑을 둔다고 가정해 보자. 하수는 무조건 진다는 생각을 가지고 시작하나 고수는 어떤 일이 있어도 이길 수 있다는 생각으로 바둑을 둔다. 바둑을 둘 때도 하수가 아무리 고민을 하고 나름대로 신중하게 돌을 놓아도 고수의 눈에는 이길 수 없는 수일 수 있다. 그러나 그 하수는 포기하지 않고 계속 정진한다면 분명히 고수가 될 것이다. 하수는 그것을 대단히 힘든 일이고 엄청난 인내를 자신에게 요구한다고 생각하여 포기하는 경우가 많다. 그러나 고수들은 자신의 꿈을 끝까지 버리지 않고 도전한다면 달성할 수 있다고 말한다.

이처럼 성공한 사람들은 불가능해 보이는 일들을 충분히 이룰 수 있는 일로 판단하고 추진하는 경우가 종종 있다. 이는 평범한 사람들과는 세상을 보는 다른 안목과 접근 방식을 가지고 있기 때문이다. 콜럼버스가 달걀을 세운 것처럼, 정주영 회장이 물막이처럼 다른 사람들이 어려워하는 것들을 성공한 사람들은 아주 간단하게 성공을 이루어내고 있다. 그러나 성공한 사람들은 로또에 당첨되듯 바로 만들어지는 게 아니라 오랜 기간 동안 고생하며 준비를 해 왔다는 것을 알아야 한다.

여러분, 비전을 세우는 일을 두려워하지 말라. 비전은 공짜다. 단지 실천하느냐 실천하지 않느냐의 차이가 성공을 말해 줄 뿐이다.

7. 긍정의 힘이 비전을 실현한다

어떤 사람은 99개를 가지고 있으면서도 한 개가 부족하다고 생각한다. 어떤 사람은 한 개만 가지고 있으면서도 그것이 없는 것보다 낫다고 생각한다.

탈무드에 이런 말이 있다. 아버지가 아들에게 말했다. "사람의 마음에는 두 마리의 늑대가 있단다. 하나는 긍정적인 생각을 하고 행동을 하게 하는 늑대이고, 하나는 부정적인 생각을 하고 행동을 하게하는 늑대란다." 그 말에 아들이 아버지에게 물었다. "그럼 결국에는 누가 이겨요?" 아버지의 대답은 "네가 먹이를 주는 쪽이 이긴다." 결국 우리는 긍정적인 생각을 하면 긍정적인 행동으로 이루어지고, 부정적인 생각을 하면 부정적인 행동이 이루어진다는 것을 말한다.

머피의 법칙이라는 노래가 있다. 머피의 법칙이란 노래는 그룹 'DJ덕'이 노래제목으로 사용한 것이다. 머피의 법칙은 "나쁜 일이 일어나는 사람에게는 계속 부정적인 일들만 생긴다."라는 것으로 알려져 있다. 머피의 법칙을 사회생활이나 인생살이에 적용하면, 사실은 맞는 경우보다 맞지 않는 경우가 많지만 사람이 부정적인 사고방식에 사로잡히면 얼마든지 머피 법칙이 적용될 수 있다. 하지만 역으로 이 법칙을 반대로 긍정적인 방향으로 생각한다면 좋은 일만 일어날 것이라고 생각하면 계속 좋은 일이 일어난다는 말과 같은 의미이다.

결국 부정적인 생각을 하면 부정적인 머피의 법칙이 적용되나 긍정적인 생각을 하면 긍정적인 머피의 법칙이 적용된다.

베스트셀러 목록에 올라와 있는 조엘 오스틴의 「긍정의 힘」을 보면 사람은 믿는 대로 된다고 하였다. 우리가 긍정적인 생각으로 세상을 보면 모든 것이 긍정적이고 행복해 보이나, 부정적인 생각으로 세상을 보면 모든 것이 부정적이고 불행해 보인다.

결국 우리의 비전을 세워서 그것을 달성하느냐 못하느냐는 자신의 비전을 긍정적으로 보느냐 부정적으로 보느냐의 차이다. 따라서 꼭 비전을 달성하기 위해서는 꼭 달성할 수 있다는 긍정적인 생각을 한다면 분명히 우리의 꿈이 달성될 것이다.

자신의 삶은 자신이 만들어 가는 것이다. 마찬가지로 긍정적으로 생각하다 보면 나의 작은 습관들이 모여 나를 긍정적으로 만들어간다. 알게 모르게 수년이 지나면 내 습관이 나를 얼마나 변하게 했는지 알 수 있을 것이다. 10년이 지나고 나면 작지만 좋은 습관들을 만들어가는 성공자의 삶을 살게 될 것이다. 항상 긍정의 눈으로 세상을 보는 습관, 항상 긍정의 말만 하는 습관, 남에게 뭔가 주는 것을 기뻐하는 습관, 문제만 제시하지 않고 대안도 제시할 줄 아는 습관, 그런 습관들을 만들며 승자의 삶을 살아 보라. 선택은 자유다. 긍정적인 생각으로 행복한 삶을 살 것인지, 부정적인 생각으로 불행한 삶을 살 것인지를 생각해 보자.

8. 비전은 전략이 있어야 실현된다

처음부터 우물 안에서 태어나고 자란 개구리는 비록 우물 속에 갇혀 있다 하더라도, 그 곳에서 빠져 나오고자 노력을 하지 않는다. 개구리는 현재의 상황이 아무리 고통스럽다 하더라도 더 나은 곳으로 갈 수 있다는 확신이 없다면 그 곳을 벗어나려 하지 않을 것이다.

그러나 세상에서 자란 개구리가 우물 안에 갇히게 되면 어떻게 하든 밖으로 나오려고 노력을 한다. 개구리는 불가능하다는 것을 알면서도 우물 밖으로 나오려고 도전을 하게 된다. 그것은 개구리의 현재의 상황보다 더 나은 곳으로 갈 수 있다는 확신이 있기 때문이다. 그러나 무작정 우물 밖으로 나오려고 한다면 개구리는 수많은 시행착오를 거쳐야 한다. 무조건 뛰어 올라봐야 힘만 든다는 것을 알게 되면, 도구를 이용하게 되고. 결국 수많은 시행착오 끝에 개구리는 다시 광명을 찾을 것이다. 그러나 수많은 시행착오를 거쳐도 우물 밖으로 나오지 못하고 죽는 개구리도 많을 것이다.

이처럼 우리는 성공을 경험하면 우물 밖으로 나오려는 개구리처럼 비전을 세우고 도전을 하게 된다. 실천 전략을 마련하지 않고 무작정 도전한다면 수많은 시행착오를 거치게 되어 상처 속에 영광을 얻을 수 있거나, 실패할 수도 있다.

따라서 비전을 달성하려면 확실한 실천 전략이 있어야 한다. 비전을 실천하는 전략 과정은 다음과 같다.

● 비전 실천을 위한 핵심 성공 요소를 파악한다

비전을 실천하기 위한 핵심 성공 요소가 무엇인지를 파악하는 것은 비전을 실현하는데 매우 중요하다. 비전에 따라서는 공부로, 사업으로, 돈으로 접근해야 할 때가 있다. 따라서 어떠한 비전이냐에 따라 각기 다른 접근 방법을 선택하여야 한다. 접근 방법이 결정되면 성공하기 위한 핵심 요소가 무엇인지를 파악해야 한다. 성공을 위한 핵심 요소에는 인맥, 노력, 경력이 있다. 이러한 접근 방법과 핵심 요소가 결정되면 다음은 어떻게 실행할 것인가의 문제를 선정해야 한다. 어떻게 실행할 것인가에 대한 판단은 "최선을 다할 것인가, 대충할 것인가, 때를 기다릴 것인가, 지금 할 것인가 아니면 나중에 할 것인가"등이 있다.

● 비전 실천을 위한 장애물을 제거해야 한다

비전을 실천하기 위해서는 비전을 실현시키는데 도움이 되지 않는 것들을 최대한 제거해야 한다. 비전은 큰데 비전 실현을 위해 최선을 다하지 않으면 목적을 달성할 수 있어도 최고는 될 수 없다. 따라서 내가 비전을 실천하는데 장애물이 되는 단점이나 한계 등을 제거하여야 한다. 한 가지 일에 집중하지 못한다든지,

자신감이 결여되었다든지, 실천의지가 없다든지 하는 장애물을 제거하지 못하면 비전 전략 계획은 의미가 없다.

● 비전과 전략을 공유한다

비전과 전략은 주변에 있는 지인들과 공유하면 더욱 비전은 커지며 전략은 더욱 공고히 된다. 내가 세운 비전이지만 주변 사람들과 공유하면 상호작용을 통해 애초에 가졌던 비전은 점차 확고해 지면 커진다. 전력을 공유하면 주변으로부터 일관성 있는 관심과 후원을 얻을 수 있어 비전을 실천하는데 도움을 준다. 또한 주변에서 전력을 같이하고자 하는 인맥들이 구성되어 내가 실천하고자 하는 비전에 도움을 받을 수 있다.

● 전략의 주기적인 평가는 성공을 빨리 오게 한다

자신이 세운 전략에 대한 주기적인 평가는 자신의 비전을 더욱 활기차게 만든다. 비전의 공고화는 성공에 이르는 길을 짧게 해준다. 전략에 대한 주기적인 분석는 자신이 세운 전략이 일정한 기간이 경과한 뒤에 얼마나 달성했는가를 분석하는 것이다. 자신이 설정한 측정 기준에 따라 주기적으로 전략의 실행 정도를 종합적인 평가를 실시함으로써 비전이 얼마나 실행되고 있는가를 평가할 수 있다. 이는 전략 실행 정도, 자신의 정신 자세, 환경의 변화 등 최종 목표를 실현하기 전에 자신의 비전을 실행할 수 있는 역량 수준을 파악할 수 있게 한다. 또한 목적했던 성과로 연결되는지를 파악할 수 있게 한다. 그리고 지금까지 해온 전략 실행이 잘못된 방향으로 가는 왜곡현상을 막아 준다.

"꿈이 없다면, 인생은 쓰다"
- 리튼 -

여성 리더가 가져야 할 소통

소통은 사회생활을 영위하는 인간과 인간 사이에 이루어지는 사상의 교환과 전달하는 것을 의미한다. 기초적 사회과정으로 개인의 발달 및 집단, 조직의 형성과 존속을 위하여 필요 불가결하며 인간 사회의 기초가 되는 것이다.

1. 스피치는 여성 리더십을 더욱 돋보이게 하는 마술이다

피터 드러커(Peter F. Drucker)는 "인간에게 있어서 가장 중요한 능력은 자기표현이며, 현대의 경영이나 관리는 커뮤니케이션에 의해서 좌우된다."고 말하여 스피치의 중요성을 강조하였다. 굳이 피터 드러커의 말이 아니더라도 오늘날 스피치는 상대방을 설득시키고 이해시키고자 할 때 강력한 무기로 각 분야에서 활용되고 있다. 특히 취업 면접 인터뷰를 볼 때에도, 세일즈를 할 때에도, 상사에게 보고나 회의를 할 때에도, 고객과 상담할 때도, 강의를 할 때도, 전 세계 곳곳에서 새로운 제품을 소개하고 기업의 투자를 권유할 때에도 점차 스피치로 진행되고 있는 실정이다. 따라서 이제는 누구나 스피치를 할 수 있어야 한다. 그러나 스피치는 말만 잘한다고 되는 것이 아니고, 컴퓨터를 잘 다룬다고 되는 것은 아니고 모든 것이 결합되어야 한다.

"입을 열면 침묵보다 뛰어난 것을 말하라. 그렇지 않으면 가만히 있는 것이 낫다."는 독일 속담이 있다. 스피치의 성공 여부에 따라 기업의 투자와 제품의 판매와 취직이 또는 학점이 결정되는 시대가 오고 있다. 이러한 시대에 각광받는 사람이 되기 위해서는 사전에 철저히 준비하고 스킬(Skill)을 연마하고 성공할 수 있는 팁(Tip)을 가지고 있어야 한다. 오늘날 스피치는 면밀히 계획되고 구성되어 실시되어야 하는 것으로 그 자체가 특별히 제작된 하나의 상품으로 생각되어야 한다. 따라서 스피치는 무형 자산으로서 사람, 정보, 노하우로 이루어진 하나의 경영상품이라고 할 수 있다.

사람들은 가끔 말을 잘하는 사람을 만나면 부러워한다. 어떻게 말을 저렇게 잘할 수 있을까? 의아해 하기도 하고 심지어 태어나면서 갖는 재능이라고 생각하기까지 한다. 그러나 우리는 갓난 아이 때부터 주변의 외부적인 영향에 의하여 언어능력을 갖게 된다. 일반적으로 어려서부터 책을 많이 읽거나, 말을 많이 하고 자란 아이들은 표현능력이 높아지는데 반해, 책을 많이 읽지 않거나, 소극적이고 내성적인 아이들은 말을 잘 못하는 경우가 많다. 결국 말을 잘하고 못하고는 주변의 환경에 의하여 말의 습관이 형성되기 때문이다. 따라서 성인이 되어서도 연습만 한다면 말은 잘 할 수 있다는 것이다.

영국 역사상 가장 위대한 인물로 추앙받았던 윈스턴 처칠은 정치인으로 세계를 변화시켰지만 더욱 유명한 것은 노벨문학상을 수상할 정도로 문학에도 조예가 깊었지만 더욱 유명한 것은 명연설가였다는 것이다. 그의 화려한 조명 뒤에는 보이지 않은 처절한 노력이 있었다. 그는 왜소한 체구로 심한 열등의식과 매번 꼴찌를 벗어나지를 못한 어린 시절을 보냈다. 그는 자신의 불행을 극복하기 위하여 매일 다섯 시간이 넘는 독서와 연구를 통

해 자신만의 지식 세계를 만들어 갔
으며 자신의 인생은 물론 세계를 변
화시켰다.

처칠은 두 달 일찍 태어난 조산아
로서 지능 발달이 늦어 학교생활에
적응하지 못하는 어린 시절을 보냈
다. 그의 아버지는 항상 처칠을 가문
의 수치로 여겼고 이는 어린 처칠에

▲ 윈스턴 처칠

게 많은 상처를 주었다. 그의 아버지가 정신착란이 시작된 이후
로는 처칠에게 더욱더 심한 폭언을 서슴지 않았다.

게다가 8삭동이로 태어난 처칠은 태어날 때부터 몹시 병약하여
어린 시절에는 거의 모든 병을 달고 다녔으며 열한 살 때는 죽음
의 문턱까지 다녀왔다. 결국 그는 숨을 거두는 순간까지 여러 가
지 병마의 그림자에서 한순간도 벗어나지 못했다. 체격 역시 왜소
하여 그에게 평생을 살면서 크나큰 콤플렉스를 가져다주었다. 무
엇보다 놀라운 것은 이 시대 가장 위대한 연설가로 인정받고 있는
그는 혀가 짧았으며, 몇몇 발음들을 발음하지 못했고 말더듬증도
갖고 있었다. 또한 그는 학창 시절에 학업 성적이 거의 꼴찌였다.
성적이 나빠 대학진학을 못했으며 육군사관학교를 지원했지만 두
번 떨어졌으며 세 번째에야 겨우 합격하였다. 또한 그는 선거전에
서 가장 많은 패배를 경험한 정치인으로 기록되어 있다.

그는 군에 입대하면서 체력 훈련에 몰두하여 신체적인 허약함을 이겨내려 했으며, 학문에 대한 열등감은 하루 다섯 시간이 넘는 독서와 연구를 통해 자신만의 지식 체계를 이끌어내었다. 그는 짧은 혀로 인하여 발음이 안되는 단어를 걸을 때마다 항상 연습했으며, 무대 공포증을 없애기 위해 스피치 기술을 끊임없이 연마했다. 즉석에서 말하는 것이 서툴렀던 그는 명연설들은 미리 원고를 써서 암기하였다. 그는 자신의 소심한 성격을 이기기 위해 전쟁에 참가해서는 가장 치열한 전투에 자진해서 몸을 던지기도 하였다.

이러한 삶의 자세로 그는 영국에서 두 번이나 수상을 지낸 정치가이자 웅변가로 명성을 날렸으며, 바쁜 정치생활 속에서도 수많은 강연과 20여 권이나 되는 훌륭한 저서를 집필하여 노벨문학상을 수상했으며, 금세기 최초로 왕족 이외에 '국장'으로 장례를 치룬, 지금까지도 "가장 위대한 영국인"으로 불리운다. 그가 이처럼 험난하고 불행했던 어린 시절을 극복하고 영국을 대표하는 대정치가가 되고 전 세계인들에게 존경을 받을 수 있었던 것은 자신의 약점과 모자람을 극복하려고 끊임없이 노력했고 영국을 2차 세계 대전에서 구하고 명연설가요 정치인으로서 노벨문학상을 수상하는 등 파란만장한 삶을 살았었다.

2. '노'를 '예스'로 바꾸는 감성 스피치

감성(感性)은 이성(理性)과 대립되는 말로 느낌을 받아들이는 성질을 말한다. 과거 우리나라의 전반적인 기업문화는 획일적이고 경직되어 있어 여성 리더의 일방적인 방침에 따라 기업이 움직여 왔다. 최근 무한 경쟁의 시대에서 기업이 살아남기 위해서는 무언가 남들과 차별성이 있어야 한다. 따라서 기업들은 소비자와 사회의 욕구에 맞추기 위하여 경영에도 감성을 도입하여 많은 효과를 가져 왔다. 점차 과거의 '독불장군식' 기업경영에서 벗어나고 인간미 물씬 풍기는 '감성경영'이 부각되면서 새로운 기업문화로 자리잡고 있다.

순전히 논리적으로만 보이는 주장을 하는 것은 흔하게 하는 실수이다. 특히 총명한 사람들일수록 이런 실수를 잘 범한다. 사람들은 감정적으로 말하더라도 논리적으로 추론하고 있다고 느끼기를 좋아한다. 따라서 논리에도 감정이 깃들어 있어야 하며, 상대편을 진정으로 움직이게 하는 것은 감정임을 이해해야 한다.

우리 모두가 감정에 의해 좌우되지만, 누구도 이 사실을 공개적으로 인정하는 것을 좋아하지는 않는다. 따라서 가장 감정적인 주장을 할 때마저도 노골적으로 감성적인 말만을 사용해서는 안 된다.

스피치를 들으면서 느끼는 청중들의 감정과 느낌 또는 즐거움, 흥분, 만족감 등은 스피커(Speaker)가 원하는 목표의 도달에 매우 중요한 역할을 수행한다.

감성 스피치는 한 마디로 청중들의 감성에 어울리는 혹은 그들의 감성이 좋아하는 자극이나 정보를 통해 호의적인 감정 반응을 일으키고 경험을 즐겁게 해줌으로써 청중을 감동시키고자 하는 것을 목표로 하고 있다.

감성 스피치는 스피치에서 말투나 행동과 같은 외부적인 자극뿐만 아니라 한 걸음 더 나아가서 청중의 마음을 상대로 하는 감각정보를 통해 감성 욕구에 부응하자는 것이다. 그러려면 인간이 가진 다섯 가지 감각(시각, 청각, 미각, 후각, 촉각)에 기초하여 정보를 받아들인다는 점을 핵심으로 하여 이러한 감성적 측면을 자극할 수 있는 스피치 계획을 세워야 한다.

사람의 뇌는 생리적으로는 몸의 각 부위를 움직이게 하지만 정신적으로는 희 · 로 · 애 · 락을 느끼고 생각하고 말하는 역할을 담당한다. 뇌는 크게 나누어 대뇌, 소뇌, 뇌간, 간뇌로 구성되어 있는데, 이때 오른쪽에 있는 것이 우뇌이고, 왼쪽에 있는 것이 좌뇌이다.

좌뇌는 논리적 사고와 분석적 사고의 중추로서 언어와 셈을 하는 능력과 관련이 있다. 따라서 읽기 · 쓰기 · 말하기 · 셈하기와 같은 기본적인 학습은 좌뇌가 받아들이고, 음악 · 미술 · 무용처럼 감상적이고 상상력과 창의력이 필요한 학습은 우뇌가 받아들이게 된다.

과거에는 분석력을 주관하는 좌뇌가 발달한 사람이 지능지수가 높은 것으로 나타났으며 과거의 스피치는 주로 이론적이고 텍스트 위주가 주를 이루었다. 그러나 요즘에는 우뇌의 중요성이 높아짐에 따라 감정에 호소하는 스피치가 인기를 끌고 있다. 우뇌의 감정을 자극하려면 이미지나 음악 또는 동영상 같은 자료를 활용하는 것이 좋다. 그러나 너무 우뇌를 강조하게 되면 이성적으로 생각하기보다는 감각적으로 판단하려고 하게 되어 올바른 판단을 하기가 어려워진다는 것이다. 따라서 좌뇌와 우뇌를 적절하게 자극하는 스피치가 좋다고 하겠다.

3. 준비는 성공하는 스피치를 만들어 준다

우리는 인생을 살면서 꼭 성사시켜야 하는 스피치가 있다. 예를 들면 꼭 입사하고 싶었던 회사의 면접이나, 마음에 드는 사람에게 하는 프로포즈, 자신의 인생을 결정하는 중요한 발표, 꼭 물건을 팔아야 할 때 등이다. 반드시 성공시키려는 의지를 가지고 있다면 최소한의 스피치를 위한 준비를 해야 한다. 준비되지 않은 스피치는 상황을 썰렁하게 하거나 상대방의 신뢰를 떨어뜨리게 됨으로 실패하는 경우가 생긴다. 따라서 반드시 성공하기 위해서는 다음과 같이 스피치를 위한 준비를 해야 한다.

● 내용을 완전히 숙지해야 한다

스피커는 자기가 스피치를 해야 할 내용에 대하여 자기가 가장 많이 알고 있다는 자신감과 실제로 그 정도의 지식을 가지고 있어야 한다. 그리고 스피치를 하기 전에는 다 알고 있는 것 같아도 막상 스피치를 하게 되면 당황하면서 모든 것을 잃어버리는 경우가 많다. 따라서 스피커는 모든 내용을 완전히 소화할 뿐만 아니라 숙지를 해야 한다.

● 예행 연습을 철저히 해야 한다

스피치가 진행되기 전에 스피커는 충분한 예행연습을 철저히

하여야 한다. 아무리 연습을 해도 스피치를 하고 나면 충분한 능력발휘나 가지고 있는 모든 것을 풀지 못한 안타까움을 갖고 돌아서게 된다. 따라서 스피커는 실제와 같은 상황에서 연습하여 스피치 당일, 실수 없이 실전에 임해야 할 것이다. 또한 예행연습 시에는 스피치의 강조점 등을 체크하여 체크 포인트로 활용하여야 할 것이다.

● 공포감을 극복해야 한다

청중 앞에서는 불안감을 없애지 않으면 아무리 좋은 자료를 준비했다하더라도 별 소용이 없다. 거울을 보면서 자신있는 표정을 연습하고, 좋은 결과가 나올 것이라고 자기 최면을 건다. 단상에서 할 말을 잊을지 모른다는 등 막연한 불안감은 뇌에서 깨끗이 정말 깨끗이 지워야 할 것이다.

● 자신감에 찬 스피치를 해야 한다

청중들은 자신감 있는 스피커를 원한다. 명 스피커는 자신감에 찬 스피치를 한다. 자신감에 찬 스피커가 되기 위해서는 자기 스피치 내용에 대한 확신을 갖고 그를 통해서 소정의 목적을 달성할 수 있다는 것을 굳게 믿는다면 어떤 스피치도 성공할 수 있다. 즉 자신감 있는 스피치는 무엇보다 신념과 확신에 찬 언행으로 스피치하는 것이 대단히 중요하다. 특히 도입 부분부터 스피커의 신념에 찬 목소리로 하는 스피치로 청중을 압도할 수 있으면 감동을 전달하는 스피치가 될 수 있다.

● 여유있는 마음으로 천천히 스피치해야 한다

스피치란 청중에 대한 서비스의 연속이다. 따라서 여유 있는 마음으로 천천히 스피치를 해야지 스피커가 전달하고자 하는 내용을 충분히 전달할 수 있다. 만약에 급한 마음으로 스피치를 하다보면 자칫 여유를 잃고 쫓기게 됨은 물론 말이 빨라져서 청중들이 이해하기 어려운 때가 많다. 이는 스피치를 정해진 시간까지 끝내야 한다는 초조감 때문인 경우가 많다. 그런 경우에는 스피치 내용 중에서 상당한 부분을 버리고 중요한 것만 전달하려는 마음을 가져야 한다.

● 제한된 시간을 효과적으로 활용하는 기술을 익혀야 한다

청중들이 집중해서 들을 수 있는 시간은 제한되어 있다. 배당 시간을 먼저 고려해야 하지만 평균적으로 20분을 넘어서면 청중들은 슬슬 집중력이 떨어지기 시작한다. 개인차는 있지만 평균적으로 30분이 가까워오면 집중력이 떨어지기 시작하는데 이 시점에서 흥미를 끌 만한 실례를 들거나 질문을 하여 집중력을 끌어 올려야 한다. 최근 스피치에 활용되는 다양한 시청각 기자재를 사용하는 것도 좋은 방법이다. 또한 제한된 시간을 초과하

거나 정해진 시간보다 늦게 시작해선 안 된다. 시간을 지키는 것
도 신뢰감을 형성하는 중요한 요소가 된다.

● **일관된 흐름을 가지고 요점을 간결하고 명확하게 전달하
는 습관을 가진다**

아무리 달변이라 해도 요점이 명확하지 않고, 장황하게 늘어
놓기만 한다면 상대를 설득하기 어렵다. 먼저 스피치의 목표를
명확히 설정하고, 전달하고자 하는 핵심적인 사항을 일관된 논
리 하에 간결하고 명확하게 전달하라. 장시간 스피치를 들었을
때 청중이 기억하는 내용이 얼마나 있으리라 생각하는가? 반드
시 기억해야 하는 가장 중요한 내용을 도입부와 종결부에 반복
하여 인지시켜야 한다. 일관된 흐름을 갖고 요점을 명확하게 전
달하는 것이 중요하다.

● **철저한 준비를 해야 한다**

유능한 스피커라면 전달하고자 하는 내용을 명확히 이해하고
내용에 대한 확신을 가져야 하며 철저하게 준비해야 한다. 또한
돌발 상황에 대처할 수 있는 임기응변 능력도 갖춰야 한다. 스
피커는 어떻게 보면 무대의 배우와도 같다. 청중에게 감동을 주
기 위해서 엔터테이너의 역할을 감수해야 한다. 적절한 시선 안
배, 표정 연기와 음성, 세련된 손놀림과 유머감각 그리고 위기상

황 대처능력을 갖춰야 한다. 리허설을 통해 연습하는 것도 하나
의 방법이 될 수 있다.

● 설득해야 할 대상에 대하여 철저히 연구해야 한다

스피치는 구체적인 대상이 정해져 있으며 대상을 설득해야 하
는 작업이다. 누군가를 설득한다는 것은 결코 쉽지 않은 일이다.
확실한 논거를 바탕으로 이성적인 합의뿐 아니라 감정적인 호응
도 이끌어내야 하기 때문이다. 따라서 사전에 대상에 대한 정보
를 가능한 한 많이 수집하라. 그리고 아주 작은 성향까지도 파악
해서 결정권을 갖고 있는 대상에 맞는 스피치 스타일을 개발하
라. 만약 결정권자가 이 분야에 정통한 전문가라면 철저한 지식
으로 무장을 해야 함은 물론, 그가 생각하지 못한 뛰어난 무기를
갖고 있어야 한다. 만약 클라이언트의 스타일이 개성을 중시하
는 자유로운 스타일이라면 두껍기만 한 기획서와 구태의연한 진
행방식은 버려라. 이 때 중요한 것은 수집한 정보의 정확성이다.
잘못 파악했다가는 오히려 낭패를 보기 쉽다. 스피치는 쌍방향
의 암묵적인 커뮤니케이션이라는 점을 명심해야 한다.

● 밝고 긍정적으로 스피치해야 한다

청중들은 밝고 긍정적인 스피커를 좋아한다. 좋아하는 이유를
보면 이러한 스피커들이 말하는 것은 뭔가 비전과 희망이 있는

것 같이 의미있게 들린다고 청중들은 말한다. 반면에 소심하고 부정적인 스피커는 청중들의 호감을 얻기 어렵고 스피치가 성공하기 어렵다. 부정적인 말은 자기 자신뿐만 아니라 주위에 있는 모든 사람에게까지도 실패와 위기의식을 불어넣는 위험한 스피치가 된다. 청중이 가장 듣기 좋은 음성은 밝은 음성이고 가장 아름다운 모습은 밝은 표정이다.

4. 상대방의 동의를 일으키는 소통 방법

남과 대화를 할 때는 기본적인 태도를 가지고 해야 한다. 기본적인 태도를 가지고 대화를 하면 그것 자체가 화자의 마음을 정화하고 그에 따른 대화도 나오게 만들어 준다. 더욱이 대화를 잘하기 위해서는 나름대로의 노하우가 필요하다. 대화의 노하우는 많은 경험을 바탕으로 얻어지는 것이기는 하지만 올바른 대화 요령을 깨우친다면 원하는 목적을 달성하는 스피치를 할 수 있다. 다음은 올바른 대화를 하는 요령이다.

첫째, 상대방을 한 인간으로 존중한다.

상대방을 인간적으로 존중하면 상대방에 대한 감정, 사고, 행동을 평가하거나 비판, 판단하지 않고 있는 그대로 받아들이는 자세를 가지게 된다. 또한 상대방이 화자의 마음을 이해하고 본인도 상대방을 존중하는 마음을 갖게 될 수 있다.

둘째, 상대방을 성실한 마음으로 대한다.

상대방과 관계에서 성실한 마음으로 대한다. 이러한 성실함은 상대방에게 자연스럽게 대화 도중에 표현이 되며 이를 바탕으로 상대방도 성실한 마음으로 대화에 참여하게 되어 상대방과 솔직한 의사 및 감정의 교류가 가능해진다.

셋째, 상대방을 공감적으로 이해하려고 노력한다.

우리는 가끔 대화할 때 상대방에 대하여 무조건 이해하는 듯 "다 이해해"라는 말을 자주 한다. 그러나 상대방을 이해하기 위해서는 상대방이 가진 생각이나 느낌, 가치, 도덕관 등을 다 이해해야 한다. 상대방을 다 이해하지 못하고는 상대방과 공감대를 가지기 어렵다. 그러나 상대방의 입장이 되어 깊고 주관적으로 이해하면서도, 결코 자기 본연의 자세를 버리지 않는 것이 공감이다. 상대방의 감정을 이해하고 있음이 상대방에게 전달될 때 상담자는 자신이 이해받고 있다는 느낌을 갖게 된다.

넷째, 상대방을 배려하는 대화를 해야 한다.

상대방을 배려하는 대화를 하려면 나-전달법(I-message)으로 대화를 해야 한다. 나-전달법(I-message)은 자신의 내면을 표현할 때 주어를 '나'로 하여 그런 느낌을 가지게 된 책임이 상대방에게 있지 않고 표현자에게 있음을 알려 주는 진술 방식이다. 책임을 자신에게 두지 않고 상대방에게 전가하는 진술방식을 너-전달법(You-message)이라고 한다. 너-전달법은 불쾌한 감정을 지니거나 갈등상태에 있을 때 보통 사람들이 흔히 하는 표현방식이다. 그러나 이러한 표현은 문제를 더 크게 하거나, 관계를 더 해치는 경향이 있다. 나-전달법(I-message)을 통한 자기노출은 스피치뿐 아니라, 대인관계에서도 매우 필요한 의사소통방식이다.

구분	나–전달법	너–전달법
표현	어제 안 와서 나는 매우 걱정이 되었다.	넌 왜 그 모양이니?
보기	상황 – 결과 – 느낌	비꼬기, 지시, 교화, 비판, 평가, 경고
나의 내면	걱정, 섭섭함	기분 나쁨, 무시, 흥분
상대의 해석	나를 걱정하였구나! 연락을 안해줘서 섭섭했구나!	나의 사정은 전혀 생각해주지 않는구나! 나를 나쁜 사람으로 보고 있구나!
개념	"나"를 주어로 하는 진술	"너"가 주어가 되거나 생략된 진술
효과	1. 느낌의 책임을 자신에게 돌린다. 2. 청자에 대해 부정적인 평가를 하지 않기 때문에 방어나 부적응이 일어날 가능성이 적다. 3. 관계를 저해하지 않는다. 4. 청자로 하여금 자성적인 태도와 변화하려는 의지를 높일 가능성이 높다. ·상대방에게 나의 입장과 감정을 전달함으로써 상호이해를 도울 수 있다. ·상대방에게 개방적이고 솔직하다는 느낌을 전달하게 된다. ·상대는 나의 느낌을 수용하고 자발적으로 자신의 문제를 해결하고자 하는 의도를 지니게 된다.	1. 죄의식을 갖게 하거나 자존심을 상하게 한다. 2. 배려받지 못하고 무시당한다는 생각을 갖기 쉽다. 3. 반항심, 공격성, 방어를 야기하여 자성적인 태도가 형성되기 어렵고 행동변화를 거부하도록 한다. ·상대방에게 문제가 있다고 표현함으로써 상호관계를 파괴한다. ·상대방에게 일방적으로 강요, 공격, 비난하는 느낌을 전달하게 된다. ·상대방은 변명하려 하거나 반감, 저항, 공격성을 보이게 된다.

5. 요청과 거절에도 매너가 필요하다

우리는 세상을 살면서 대화를 하게 되면 상대방에게 자신에게 필요한 것을 이러하고 이러하게 해달라고 요청하거나, 상대방의 요구를 거절하는 경우가 생긴다. 요청과 거절은 상대방이 절친한 사이라면 크게 문제가 되지 않지만, 처음 만나는 사람이나 거래처, 연인 사이에서는 상대방의 마음의 문을 닫게 하거나 아프게 할 수 있다. 따라서 요청과 거절에는 다음과 같은 요령이 필요하다.

● 요청하기

스피커가 상대방에게 요청을 하게 되면 상대방은 마음의 문을 닫고 긴장하며 듣게 된다. 때로는 스피커의 말을 들으면서 어떻게 하면 거절할 것인가를 생각하고 있을 수 있다. 따라서 언제든 거절될 수 있다는 생각으로 상대방이 기분 나쁘지 않도록 주의를 기울여 대화해야 한다.

- 원하는 것에 대해서 명확히 그리고 구체적으로 표현한다.
  예) "아무거나 먹자"보다 "자장면 먹으러 가자."
- 언제든 상대방이 거절할 수 있다는 것을 명심하고 그 거절을 받아들일 준비가 되어 있어야 하며, 만일 요청이 거절되면 그 대안을 준비한다.

예) "그게 안된다면 그럼 이건 어떤가요?"

- 상대방에게 부담을 주는 것은 직접화법을 쓰는 것보다 간접화법을 쓰는 것이 부드럽다.

예) "문 좀 닫아요."보다는 "문 좀 닫아 줄래요?"

- 상대방의 대답을 액면 그대로 인정하고 존중한다. 유추해석은 오해를 불러 온다.

예) "네 그러시군요. 잘 알겠습니다."

- 상대방의 대답에 대한 나의 감정, 감사, 실망, 수용의사를 기분 나쁘지 않도록 정중하게 표현한다.

예) "그러시군요. 저는 그게 잘못된 줄 몰랐습니다. 시정하도록 하지요."

- 요청이 이루어지면 진심으로 고마움을 표현해야 한다.

예) "요청을 받아주셔서 감사합니다. 참으로 도움이 많이 되었습니다."

- 상대방이 거절한다고 해서 그 사안만을 거부하는 것이지 당신을 전체로 거부하는 것은 아니니 실망에 빠져서 대화를 단절해서는 안 된다. 부탁을 들어주지 않은 경우, 상대방은 내심 미안한 마음이 있으므로 다음 번의 부탁은 들어줄 가능성이 크다. 따라서 한 번 거절한 사람에게 다음 기회에 다시 요청하면 성사될 가능성이 있다.

예) "전에는 거절하셨는데 혹시 마음이 바뀌지는 않으셨나요?"

- 상대방이 거절하였다고 완전히 대화를 단절하지 말고 자신의 솔직한 마음을 표현하고 다음 기회를 기약한다. 만약 대화를 단절해 버리면 다음의 기회마저 없애는 결과를 만든다.

예) "제 요청에 거절해서 마음은 편하지 않지만 다음에는 꼭 거래가 성
사되길 바랍니다."

● 거절하기

살다보면 상대방의 요청에 대하여 거절해야 할 때가 분명히 있
다. 그러나 거절을 잘못하게 되면 상대방이 마음의 문을 닫을 뿐
만 아니라 영원히 적이 될 수도 있다. 따라서 거절을 할 때도 상
대방의 마음을 다치지 않도록 주의하면서 대화를 해야 한다.

- 도움을 요청하는 질문에는 가부를 확실히 밝혀 오해나 미련의 소지를
  주지 않는다. 만약 가부를 밝히기 어려울 때는 생각할 시간을 달라고
  해서 시간을 가지고 생각해본다.
- 거절의 의사표현은 진지하고 솔직하게 하려고 노력한다.
- 거절의 의사표현은 간단 명료하게, 많은 변명은 필요 없다.
  (변명이 필요할 땐 짧게 할 것)
- 거절의 의사표현을 할 때 "미안하다"는 말은 꼭 그렇게 느낄 때만 쓴다.
- 상대가 당신 말을 받아들이지 않을 때는 침묵을 하거나 대화를 끝낼 권
  리가 있다.
- 일단 거절의 의사표현을 했어도, 당신 맘은 바꿀 수 있다.
- 거절의 의사표현은 조용한 목소리로, 몸짓으로 말해서 상대방을 아
  프지 않게 한다.

• 거절의 의사표현은 대안을 제시할 수도 있다.

예) "다른 기회에 같이 하면 안될까요?"

6. 칭찬의 힘은 불가능을 가능하게 한다

얼마 전 나온 책 중에 「칭찬은 고래도 춤추게 한다」라는 책이 베스트셀러에 오른 적이 있다. 조련사가 돌고래에게 칭찬을 했더니 춤도 추더라는 내용이었다.

어느 초등학교 선생님이 재미있는 과제를 냈다. 똑같은 꽃나무를 화분 두 개에 나눠 심은 다음, 각각 이름을 지어 주라고 했다. 다만 한 쪽은 예쁜 이름을 지어주고 다른 한 쪽은 형편없는 이름을 지어준 뒤, 물을 줄 때마다 그 이름을 불러주는 것이 전부였다. 아이들은 이 재미있는 과제를 수행하면서 무척 흥미 있는 깨달음을 얻게 되었다.

똑같이 물을 주는데도 '예쁜아, 예쁜아' 하고 사랑스럽게 불러주며 기른 꽃나무는 보기에도 윤이 나고 튼튼하게 자랐다. 그런데 '멍청아, 멍청아' 하면서 기른 꽃나무는 눈에 띄게 초라해졌다.

이처럼 동식물에게도 칭찬의 힘은 크다. 사람에게는 더 말할 것이 없다. 칭찬 한마디가 상대방 마음의 문을 열게 하고 나에 대한 호감을 갖게 하는 데 중요한 역할을 한다. 칭찬은 상대방에 대한 호감의 표현이다. 그러나 칭찬을 잘못하면 오히려 분위기가 이상해지고 서먹서먹한 관계로 가기 싶다. 따라서 칭찬은 적절한 시기와 기회에 맞도록 해야 한다.

- 칭찬을 받아들이는 것은 상대방의 호의에 대한 감사의 표시가 된다. 칭찬에 대해 품위 있게 간단한 대답과 함께 받아들임으로써 상대방이 다음에도 칭찬을 하기가 용이하게 만들어야 한다.

  예) "감사합니다."보다 "좋은 말씀을 해주셔서 감사합니다."

- 칭찬을 거절하는 것은 상대방의 견해를 무시해서 다른 칭찬을 하지 못하게 한다.

  예) "전혀 아닌데요."

- 칭찬이 진실이라는 것을 알도록 칭찬은 구체적으로 한다.

  예) "당신은 아름답군요"라기 보다 "당신 머리 스타일이 참 보기 좋아요."

- 칭찬할 때 솔직하고 진지하게, 그리고 간결하게 한다.

  예) "고마워요. 실은 숙제를 하고서 저도 기뻤어요."

- 칭찬을 자주 주고받는 것을 즐기자.

- 당신 자신에 대해 자랑스럽게 생각하는 것과 교만한 것은 다르다. 교만이란, 다른 사람을 깔아 뭉게고 기분 좋게 느끼려 하는 행위다.

- 칭찬은 연습할수록 잘할 수 있다.

7. 인맥을 넓혀주는 소통 방법

우리는 사회 생활 속에서 수많은 사람들을 만나게 된다. 처음 만나는 사람들과 좋은 인간관계를 맺기 위해서는 개인의 첫인 상도 중요하지만 대화 방법도 중요하다. 소통방법이 좋으면 자 신의 단점을 보완하고 좋은 인간관계를 맺어 준다. 그런데 대화 하는 것이 습관화되지 않고 일방적인 말만 해왔던 사람들은 오 히려 사람과 만남에서 대화가 어색하게 되고 부정적인 인간관 계를 맺는 경우가 많다. 따라서 좋은 인간관계를 맺기 위해서는 다음과 같이 상황에 따라서 물 흐르는 듯이 대화를 진행하는 것 이 좋다.

구분	사례	예
대화의 시작	처음에는 어색함을 깨기 위해 일상적인 가벼운 이야기로 대화를 푼다.	"오늘 날씨 좋지요." "차가 많이 막혔지요?"
	상대방에 대한 관심을 표현하기 위하여 상대방이 하는 것을 본 후 물어 본다.	"뭘 읽고 계시나요?"
	선의를 표현하기 위하여 무엇인가를 제공한다.	"커피 한잔 드시겠어요?" "내가 좀 도와줄까요?"
	공감대를 갖기 위하여 같이했던 활동에 대해 거론한다.	"전에 같이 본 영화 장면 같네요."
	상대방을 인정하는 의미에서 타인의 외양이나 행동을 칭찬한다.	"오늘 따라 옷이 참 어울리네."
	내가 하고 있는 일에 참여하기를 부탁하여 동질감을 갖는다.	"우리 같이 등산가지 않을래요?"
	상대방이 필요할 것 같은 일에 당신 자신의 의견이나 경험을 나눈다.	"지난 모임은 정말 좋았지요."

구분	사례	예
대화의 시작	상대방이 친근감을 갖도록 자기 소개와 인사를 정중하게 한다.	"초면이시죠? 저는 ***라고 합니다. 만나서 반갑습니다."
	상대방을 존중하는 의미에서 의견이나 충고, 정보를 구한다.	"등산해보시니 어떠세요?"
	남들과 똑같은 식의 인사법에 권태를 느끼지 않도록 자신만의 독특한 인사법을 준비하여 인사한다.	"안녕하세요. 용감한 ***입니다."
대화의 유지	일반적으로 균형, 교환, 보답의 원리를 지킨다. 되도록 균등하게 대화를 주고받는다.	
	자신의 의견을 보여준다.	"네 상당히 좋은 생각이군요."
	개방질문(open question)을 한다.	"파란색이 좋지" 보다 "어느 색이 좋니?"
	상대방이 싫증을 내는 기색이 보이면 자연스럽게 대화를 전환한다.	"그 얘기를 하니 다른 이야기가 생각나는군요?"
	상대방의 말을 잘 들어주고 그대로 반복하거나 주제를 더 보완하거나 다른 주제에 연결 역할을 한다.	"우와 정말이니 역시 넌 최고다. 그래서 다음에는 뭘 할건데?"
	개인적인 정보, 견해, 경험을 나누면 대화가 더 의미 있게 된다.	"전에 그 집에서 먹었던 김치찌개가 맛있지 않았니?"
	처음부터 개인적 문제를 모두 쏟아 놓지 않는다.	"나는 사실 부장님과 사이가 안 좋아."
대화의 종결	좋은 호감을 가지고 있음을 암시하고 항상 인식하고 있다는 것을 알린다.	"오늘 이야기를 들어보니 당신이 맘에 드는군요. 다음에 또 찾아뵙고 싶군요."
	상대방과의 만남에 대한 기쁨을 최대한 표시한다.	"오늘 선생님 덕분에 참 즐겁게 얘기 나누었습니다."
	상대방을 기분 나쁘지 않게 대화를 자연스럽게 끝내기 위한 방법.	- 모임 장소에서 다른 사람을 당신이 얘기하고 있던 이에게 소개한다. - 주변을 정리한다. - 슬쩍 당신 시계를 보아 갈 시간임을 암시한다. - 약속이 있어서 가봐야 한다고 하고, 다시 만날 것을 제의한다.

8. 스피치에 대한 공포감 해결이 성공의 시작이다

우리나라 사람들은 여러 사람 앞에서 하는 스피치가 생활화되어 있지 않기 때문에 스피치를 앞두게 되면 보편적으로 심한 스트레스를 느낀다. 일대일의 관계에서는 대화를 잘하는 사람도 대중 앞에서는 말을 더듬는 경우가 많다. 실제로 통계자료를 보면 우리나라 직장인 열 명 가운데 아홉은 업무와 관련한 각종 발표 때문에 심한 스트레스와 심적 부담을 느낀다고 한다.

요즘 입사 때부터 발표 능력을 갖춘 창조적 인재상을 요구하고 있으며 기업 환경이 점점 '커뮤니케이션'을 중시하는 문화로 바뀌어가면서 집단 토론, 브리핑, 스피치, 제안, 기획회의, 고객상담 등이 늘어가고 있다. 제 아무리 회사를 살리고 빛나는 생각과 톡톡 튀는 아이템을 가지고 있다고 할지라도, 이를 고객이나 직장 상사 앞에서 효과적으로 표현해내지 못한다면 성공적인 목표를 달성할 수 없다. 따라서 스피치 능력은 자신의 미래를 발전시키는 중요한 결정 요인이며 나아가 회사를 발전시킬 수 있는 원동력이 되는 것이다.

● 사람은 누구나 스피치를 하게 되면 긴장하고 떤다

누구든지 처음 스피치를 하게 되면 여러 사람 앞에 선다는 생각만으로도 긴장을 하고 실제로 강단에 서서는 사시나무 떨듯이 떠는 경우가 많다. 그러다 보니 몸이 떨려 목소리까지 떨리게 되고 결국 혀가 뒤엉켜서 말까지 더듬게 된다. 그렇게 되면 아무리 많은 것을 안다 해도 제대로 전달하기는커녕 말 한마디 제대로 하지 못하고 강단을 내려오는 경우가 있다.

스피치를 자주 하는 분들도 대상에 따라 떨려서 제대로 스피치를 하지 못하는 경우가 있다. 이러한 이유는 청중들이 자신보다 높은 지위를 가졌거나 전문가라고 생각해서 자신감이 없어지고 스피치하는 자신의 초조함에 온갖 신경을 쏟다 보니 스피치 내용이 생각나지 않게 되어 말이 헛 나오며 스피치 내용은 더욱 뒤죽박죽되기도 하고 두서가 없어지기도 한다.

● 스피치 이상 증상에는 무엇이 있는가?

많은 사람들은 청중 앞에 서면 여러 가지 정신적인 변화와 신체적인 변화를 겪는다. 스피치에 대한 공포 증세는 스피커가 자신 없어 하는 것을 청중들이 알게 되어 신뢰감이 없어 보이기 쉽다.

〈 스피치 이상 증세 〉

구분	스피치 이상 증세
정신적인 증상	불안감 긴장감 당황 흥분 상태
신체적인 증상	가슴이 두근거리는 현상 남 앞에만 서면 얼어버리는 현상 우는 현상 얼굴이 빨개지는 현상 사시나무 떨듯이 떠는 현상

떠는 현상은 사람에 따라 입술을 떠는 사람이 있기도 하고, 손
이나 다리가 떨리는 사람이 있기도 하고, 온몸을 유난스레 떠는
사람도 있다. 떨림 현상은 목소리까지 떨리게 하여 듣기가 거북
해진다.

● 무엇이 흥분하게 하고 떨리게 하는가?

떨리는 이유에는 여러 가지가 있다. 정서가 불안정하여 어쩔
줄 몰라 떨리기도 하고 자신감이 없어서 미래에 닥쳐올 실패에
대하여 미리 겁이 나서 두렵기 때문에 떨리기도 하다. 흥분이나
기대가 지나치면 심장 박동수를 높아지게 하며 가슴에 통증이
오게 하고 시선을 한 곳에 머무르지 못하게 한다. 떨림의 이유를
원인별로 나누어 보면 다음과 같다.

〈 원인별 떨림의 이유 〉

구분	증상
정신적인 증상	하고 싶지 않은데 스피치를 해야 한다는 부담감 실패에 대한 두려움 실패했을 때의 공포감 남들보다 잘할 수 없을 것 같은 열등감 스피치를 해본 경험이 없는 두려움 정서불안 실패해본 경험
기술적인 원인	말을 잘할 수 없다. 대화에 자신이 없다. 화제가 부족하다. 연습이 충분하지 않다.
육체적인 원인	추위로 인한 떨림 건강이 안 좋아졌을 때 몸살, 감기, 두통으로 인한 컨디션이 안 좋아졌을 때

● **떨림과 공포에 대한 실체를 알면 공포는 사라진다**

사람은 누구나 사람들 앞에 서면 정도의 차이는 있지만 떨리고 흥분한다. 사람은 두려움과 흥분이 생기면 상황을 피하려는 노력을 하게 되는데 이를 회피반응이라고 한다. 그러나 어쩔 수 없이 상황에 부딪쳐야 하는 경우에는 상황이 발생하기 전부터 미리 불안을 느끼는데 이를 예기불안이라고 한다. 피할 수 없는 정도가 클수록 일상생활에 장애를 가져오고 극심한 불안 반응이 일어나게 된다.

그러나 어떠한 불안도 막상 일을 해결하고 보면 의외로 별것 아닌 것으로 끝나는 경우가 많아 허탈감이 생기기도 하다. 이는 우리가 공포나 불안을 느끼는데 충실했지 공포나 불안을 해결하기 위한 방법을 생각하지 않았기 때문이다. 결국 공포는 무지와 불안의 산물이기 때문에 차분히 준비한다면 공포도 사라지게 된다.

● **스피치 도중 말문이 막히는 경우 응급조치 요령**

숙련된 스피커라도 스피치 도중 말문이 막히는 경우가 종종 있다. 이때는 잠시 동안 아무것도 기억할 수 없고, 상응하는 대목을 원고에서 쉽사리 찾지 못하는 경우도 일어난다. 이런 상황에서 스피커는 당황하게 되어 스피치를 망치게 되는 경우가 있다. 이럴때일수록 스피커는 침착해야 한다. 말문이 막히는 것을 피하기 위한 최상의 방법은 원고를 일목요연하게 구성하고 완벽하게 본인의 것으로 소화를 해야 한다. 그러나 잘 준비하였는데도 말문이 막힐 때는 다음과 같은 요령으로 위기를 모면한다.

가) 스피치 내용을 생각하는 동안 지금까지의 스피치 내용을 다시 한 번 요약해준다.

나) 창문을 열게 한다든가. 잠깐 동안 기지개를 켤 수 있게 만들어 준다.

다) 청중이 메모할 수 있도록 1~2분 가량 시간을 준다.

라) 스피치와 관련된 내용에 대하여 질문한다.

마) 아무 내색도 하지 않고 다음 항목으로 넘어간다.

바) 가장 쉽게 할 수 있는 자신의 체험을 자연스럽게 이야기하면서 주제를 다시 떠올린다.

사) 완전히 생각이 나지 않아서 당황을 오래 하게 되면 솔직히 청중에게 사과하는 것이 오히려 스피커의 정직성을 살리는 것이다.

Part 005

제5장

여성 리더의 인생을 결정하는 인맥 관리

사람 사는 세상을 인간(人間)이라 한 것은 사람들
사이에 적당한 거리가 있음을 의미한다. 그 거리가
멀고 가까운 정도에 따라 소원하고 친밀한 관계가
형성된다. 우리는 그런 관계를 인간관계 또는 인맥
이라 하고 서양 사람들은 휴먼 릴레이션(human
relation)이라고 한다. 인간관계가 개인이 지닌 능
력 이상의 힘을 발휘하여 세상살이의 성패를 좌우
할 때가 많다.

1. 인맥이 성공의 시작이다

중국에서 내려오는 격언 중에 제왕이 되려면 3가지 기(氣)를 얻어야 한다는 말이 있다. 첫째는 하늘의 기운(天氣), 둘째는 땅의 기운(地氣), 그리고 마지막으로 사람의 기운(人氣)를 말한다. 하늘의 기운과 땅의 기운의 경우 매우 추상적인 것이며, 하늘에서 내리는 것으로 일반인들에게는 조금 접근하기 어려우나, 사람의 기운(人氣)는 누구나 접근이 가능한 것이다. 사람의 기운은 현재도 '인맥관리' 라는 말로 널리 쓰이고 있다.

미국 카네기 멜론 대학에서 흥미로운 조사결과를 발표한 적이 있다. 사회적으로 성공한 사람들 10,000명을 대상으로 성공의 비결을 물어보았다. 그런데 종래의 성공 조건이라 믿어왔던 지적 능력이나 재능이 성공에 미치는 영향은 불과 15퍼센트에 지나지 않았으며, 나머지 85퍼센트의 성공 요인은 바로 인간관계였다는 것이다. 조사 결과를 정리하면 아무리 지적능력과 재능이 뛰어나다 하더라도 인간관계에 대한 능력이 부족하면 성공을 이루기가 어렵다는 결론을 얻을 수 있다.

우리나라에서도 인터넷 취업사이트 '파워잡' 에 따르면 대학생 632명을 대상으로 '인맥관리 의식' 에 대해 설문조사한 결과, 인생에서 인맥이 '매우 중요하다' 는 대답이 69퍼센트, '다소 중요하다' 는 응답자가 22.5퍼센트 등 10명 중 9명이 인맥이 중요하다고 대답했다.

왜 인맥이 중요할까? 우리나라 옛 속담 중에서 "팔이 안으로 굽는다"는 말이 있다. 우리는 유전적으로 내 가족, 내 친척, 내 친구에게 아무래도 마음이 더 가게 마련이다. 전혀 모르는 사람보다는 옷깃이 한번 스쳤더라도 안면이 있는 사람에게 눈길이 더 가는 것이 당연하다.

한 개인이 자신의 능력만을 가지고 성공하기 위해서는 난관도 많고 시간도 많이 걸린다. 그러나 한 단계씩 성장하는데 중요한 인맥에 의하여 도움을 받는다면 수많은 시간을 절약하고 난관을 쉽게 극복할 수 있을 것이다. 그래서 인생을 살면서 운이 좋아 성공한 사람들을 보면 대부분 좋은 인맥을 통하여 고속승진을 하거나 돈을 많이 벌 수 있는 기회를 가졌기 때문이다.

인맥을 자신의 성공과 결부시키는 것이 지나치게 인간관계를 목적으로 치부한다고 비난할지라도, 복잡한 현대 사회를 살아가기에는 혼자의 힘으로는 살 수가 없다. 자기 혼자 아무리 뛰어난 재능을 가진 사람이라도 혼자서 이 세상의 모든 것을 다 해결할 수가 없기 때문이다. 결국 내가 가지고 있지 않은 능력을 남들이 보충해주거나 서로가 가지고 있는 장점을 공유한다면 여성 리더로서 성공하는데 도움을 받을 수 있다.

남에게 도움 받기를 싫어하는 분들도 혼자 이 세상을 살아가는 것보다는 누군가 나를 지켜봐주고 격려해 주는 사람이 있다는 것만으로도 이 세상을 살아가는 것이 너무 행복할 것이다.

여러분은 나를 걱정해주는 사람을 주변에 두고 있는가? 내가 힘들 때 찾을 수 있는 사람이 있는가? 나를 성공으로 이끌어줄 사람이 있는가?

2. 성공하려면 공존지수를 높여라

바야흐로 21세기는 공존의 시대이다. 세상은 다양한 사람들이 공존해 살고 있고, 특히 직장생활에서는 더욱더 구성원들 간의 관계가 중요하다. 더욱이 우리 사회는 수직적이고 권위적인 사회에서 수평적이고 민주적인 사회로 전환하고 있다.

그런 뜻에서 지난 20세기가 지능을 측정하는 IQ와 감성지수라 불리는 EQ를 중시하였다면, 현재 21세기에는 인간관계 정도를 측정하는 인맥지수(NQ, Network Quotient)가 화두로 떠오르고 있다. 21세기는 사람의 인맥이 경쟁력을 좌우하고 있다고 할 수 있다. 인간관계도 혈연, 지연 등의 강한 인간관계에서 동아리나 온라인상의 커뮤니티 등으로 유대가 약한 인간관계로 확대되어 가고 있다.

인맥지수는 다른 사람들과 더불어 살아갈 수 있는 능력이 있는지 알아보는 척도가 되기 때문에 공존지수(共存指數)라고도 한다. 그러나 공존지수는 인맥지수와는 차이가 있다.

인맥지수는 다른 사람과 얼마나 인간관계를 맺느냐를 따지는 수량적인 의미인 반면에, 공존지수는 내가 맺은 인맥과 어떻게 하면 공존할 수 있는 공존의식이 바탕이 되어 있기 때문에 질적인 의미라고 할 수 있다. 또 한 가지의 차이는 인맥지수는 지속성이나 발전성이 없는 반면에 공존지수는 공존의식을 바탕으로 하고 있기 때문에 지속성이나 발전성이 있다고 할 수 있다.

요즘 인맥의 중요성이 커지면서 수량적으로 많은 인맥을 구축하기 위하여 노력하는 사람들이 많이 증가하고 있다. 그래서 각종 모임에는 다른 사람들의 명함과 주소록을 받아 자기의 인맥지수로 등록을 한다. 그리고는 다른 사람들에게 자신과 다른 사람들과 친분을 자랑하는 사람이 많다. 한 번의 인사를 나누고 명함을 교환했다고 다 자기의 인맥이라고 보기에는 어렵다. 명함을 준 사람은 기억도 못하는 경우가 많기 때문이다. 따라서 수량적인 인맥지수를 높이기보다는 오랫동안 인간관계를 지속할 수 있는 공존지수를 높이는 것이 좋다. 인맥지수는 낮더라도 공존지수가 높으면 인간관계가 지속적이며 발전적일 수 있기 때문이다.

여러분들은 인맥지수가 높은가? 공존지수가 높은가?

3. 좋은 인맥은 인생을 바꿔준다

좋은 인맥은 인생을 살아가는데 매우 중요하다. 그렇기에 좋은 사람과 만남은 우리 인생에서 정말 중요하다. 세상에는 완벽하게 좋은 사람도 없고 완벽하게 나쁜 사람도 없다. 대부분의 사람은 내게 좋은 인연이냐, 나쁜 인연이냐의 차이일 뿐이다. 다른 사람에게 아무리 좋은 사람도 나에게 악인이 될 수 있고, 나에게 아무리 좋은 사람도 타인에게는 악인이 될 수 있다. 어떻게 보면 좋은 인맥이라는 것은 나에게 좋은 인연이 있는 사람과 관계를 맺는 것이라 할 수 있다.

사회적으로 성공한 사람들을 보면 좋은 사람을 인연으로 만듦으로써 인생이 바뀌는 경우가 많다. 미국에서 출생한 20세기의 위대한 여성인 헬렌 켈러는 태어난지 9개월만에 열병을 앓아 눈과 귀가 멀게 되었다. 시간이 갈수록 헬렌은 점점 난폭해지기 시작했다. 정신병원에까지 보내졌고 괴성을 지르고 사나울 대로 사나운 모습이었다. 의사들은 불가능하다고 선언했다. 그리고 온종일 독방에서 생활하게 되었다. 하지만 헬렌은 설리번 선생을 만남으로 인해 인생이 180도 바뀌기 시작하였다.

설리번 선생은 헬렌의 삶을 만든 사람이기도 하다. 설리번 선생은 헬렌의 손바닥에 글씨를 써서 사물들의 이름을 헬렌에게 가르쳐 주었다. 쉼 없는 사랑과 인내로써, 어둠 속을 헤매던 헬

▲ 헬렌 켈러

렌에게 말과 글은 물론 인생의 참 의미를 깨우쳐 주었다. 헬렌은 설리반으로부터 사랑에서 노력을 배웠고 노력에서 성취를 배웠고 성취에서 인내를 배웠고 인내에서 기쁨을 배웠고 기쁨에서 용기를 배워 불가능 100퍼센트였던 헬렌켈러는 20세 때 하버드 대학에 입학하였다. 헬렌은 전 세계 장애자들에게 희망을 주었고, 다양한 활동으로 선한 역할을 감당하여 "빛의 천사"로도 불렸다.

이런 헬렌 켈러의 위대함은 설리반 선생이라는 헌신적인 사람이 있었기 때문에 가능했다. 무엇보다 설리반 선생은 조건적인 사랑이 아닌 쉼없이 주는 위대한 사랑이었기에 짐승 같은 한 여자 아이를 금세기 최고의 위대한 여성으로 탄생시킬 수 있게 된 것이다.

뿐만 아니라 우리나라의 대표적인 야구선수인 박찬호 선수는 스티브 김이라는 에이전트를 만나 미국에서 성공할 수 있었다. 세계적으로 가장 부자인 마이크로소프트사의 빌 게이츠 회장은 스티브 발머라는 영업의 귀재가 있었기에 오늘날 세계 최고의 기업을 만들 수 있었던 것이다.

우리는 세상을 살아가면서 수많은 사람을 만나고 있다. 때로는 좋은 만남으로 인하여 사람의 인생이 정반대로 바뀌어 성공으로 이르게 되는 때도 있다. 그러나 때로는 잘못된 만남으로 인하여 인생이 꼬이고 같이 망가지는 사람도 있다. 그만큼 인생에서 사람과 만남을 통해 한 사람의 인생이 천하게도 귀하게도 된다는 사실을 생각하여 신중하게 인맥을 맺어야 한다.

그러나 무작정 좋은 인맥만 찾으려 애쓰지 말라. 만나는 모든 사람을 극진히 대우하고 정성을 다해 대해보라. 다른 사람에게는 나쁜 사람도 반드시 내게는 좋은 인연으로 만들어질 것이다. 성공을 만드는 것은 좋은 인맥이 아니라 좋은 인연이다. 여러분들은 여러분의 인생을 바꾸어 줄 만한 인연을 만났는가?

4. 좋은 이미지가 인맥을 만든다

사람들은 누구나 좋은 인맥을 맺고 싶은 욕구가 있다. 마음만 먹는다고 해서 좋은 인맥이 만들어지는 것은 아니다. 좋은 인맥을 많이 가지고 있는 사람들의 특징은 이미지가 좋다는 것이다. 인맥 맺는 것에 성공한 사람들은 많은 사람을 만나는 만큼 여러 사람들에게 좋은 첫인상을 주기 위하여 노력한다.

사람들은 처음 만나서 약 6초라는 눈 깜박하는 사이에 얼굴 표정과 외모, 말 한마디를 통해서 상대방을 평가하게 된다. 그 이유는 얼굴 표정과 외모가 비록 그 사람의 모든 것을 나타내거나 결정짓는 것은 아니지만 사람들은 우선 얼굴 표정과 외모를 보고 판단하는 경향이 많고, 또한 깨끗하고 청결한 사람은 어디서나 환영받기 때문일 것이다.

이러한 의미에서 우리는 '패션도 전략이다.'라고 하면서 옷차림이 취업 및 직장생활에서 성공을 가져온다고 한다. 또한 세일즈맨은 "물건을 팔기 전에 자신을 먼저 팔아야 한다."라고 주장한다. 이는 바로 이미지 컨설팅의 중요성과 이것이 우리 생활 깊숙이 침투해 있다는 것을 알 수 있게 하는 예라 할 수 있다.

좋은 첫인상을 받는 사람에게는 다가서기가 쉽고 편하지만 첫인상이 좋지 않은 사람에게는 다가가려고 하지 않는다. 더욱 상대방의 기억 속에서 안 좋은 사람으로 기억 될 것이다. 그러한 편견을 다시 바꾸려면 많은 노력과 시간이 필요하며 전혀 효과를 보지 못할 수 있다.

우리가 만나고자 하는 사람은 사람을 많이 만나는 사람이기 쉽다. 사람을 많이 만나는 사람은 사람들을 하도 많이 만나서 나름대로 사람의 유형을 평가하는 고정관념을 가지고 있다. 사원을 선발하는 면접 장소에서는 인상학을 전공한 사람을 면접관으로 초빙하여 인재를 선발하도록 하고 있다. 우리의 표정, 복장, 태도, 용모, 시선, 자세 걸음걸이와 같은 시각적 이미지뿐만 아니라 음성, 억양, 말씨, 언어와 같은 청각적 이미지를 보고 우리를 선택하느냐 마느냐를 결정한다. 미팅이나 맞선에서도 마찬가지로 상대편은 단 6초 안에 지금까지 살아온 내 인생을 나의 이미지 하나로 결정한다. 따라서 모든 사람들에게 쉽고 편안한 첫인상을 주기 위해 자신의 외모와 말씨 행동들을 생각해 개선점을 찾아 실천하도록 노력하여야 한다. 아주 짧은 시간에 자신의 첫인상을 좋은 방향으로 PR 할 수 있는 사람이야말로 진정한 성공을 준비하는 사람일 것이다.

자신의 이미지는 다른 사람들의 좋은 이미지를 따라 한다고 해서 자신의 이미지가 되는 것이 아니고, 억지스레 짓는 미소도 자신의 이미지가 될 수 없다. 자신의 이미지를 찾는 일은 자신의 외모 또는 성격과 자신의 노력 여하에 달려 있다.

인맥 만들기에서 가장 중요한 점은 상대에게 신뢰를 주기 위해서는 다시 한번 만나고 싶다는 끌리는 인상을 주면 상대방이 지속적인 만남을 갖고자 한다. 즉 인맥을 견고히 다지기 위해서는 볼수록 끌리는 사람이 되어야 한다.

다음으로는 상대의 인간적인 측면을 존중하여야 한다. 자신의 잇속만 챙기는 데 급급한 인맥 만들기는 실패할 확률이 매우 높다. 진정한 인맥은 사람과 사람을 잇는 '마음' 네트워크를 통해 만들어져야 오래가고 좋은 인연이 될 수 있다.

5. 많은 친구를 사귀기보다는 1명의 적을 만들지 말라

남을 이용하거나 배신하여 이룬 성공은 오래 갈 수 없다. 더욱 그로 인해 배신당한 사람이 적이 되어 이를 갈고 자신의 성공을 파괴하려고 한다면 막을 수가 없다. 격언 중에 "대충 참여하는 1,000명의 구성원보다 혼신을 다해 참여하는 1명을 이길 수 없다"는 말이 있다. 1,000명의 칭송을 받는 사람도 한 명의 적 앞에서는 죽을 수밖에 없다는 이야기다. 경호가 철두철미한 대통령의 나들이도 저격수 한 명을 못 막는 것과 같다. 적이 되면 논리적이지도 않고 세상의 가치와는 전혀 다르게 오직 복수만을 꿈꾸기 때문에 타협이나 설득이 안 된다.

가끔 잘 나가던 유명인들이 가끔 진위를 알 수 없는 폭로성 신문기사로 인하여 사회에서 매장당하는 경우가 종종 있다. 최고의 정상에서 바닥으로 추락하는 경우에는 낙하산이 없다고 한다. 그만큼 충격이 크다는 것을 의미한다.

사람들은 그 폭로성 기사가 사실인지, 거짓인지를 구분하지 않고 단지 안 좋은 일로 신문에 났다는 것에만 관심을 가진다. 그러다 보니 나중에 사실이 아닌 것으로 정정되어도 사람들의 고정관념을 바꾸기는 어렵게 된다. 판명되지 않은 기사나 구설수로 사회적으로 기대되던 사람들이 우리의 관심 속에서 멀어져 결국에는 잊혀지는 경우가 많다. 그래서 높이 성공한 사람일수록 자신의 신상관리를 잘해야 한다. 어떠한 경우도 적을 만들어서는 안 된다는 것이다. 그래서 과거에 성공하는 사람들은 권위적인 사람들이 많았지만 요즘 성공하는 사람들은 솔선수범하면서 자신의 것을 사람들에게 나누어 주는 사람들이 많다.

성공하는 사람들은 정신없이 바쁘다 보니 앞만 보고 생활하게 된다. 그러다 보면 나의 성공이 남의 성공의 기회를 뺏어서 의도하지 않게 다른 사람들에게 아픔을 주는 경우가 있다. 그래서 성공하는 사람들은 항상 자신의 성공에 대하여 겸손해야 하며, 남에게 공을 돌려야 한다.

지금까지 쌓은 성공도 무심코 만든 1명의 적으로 인하여 수포로 돌아갈 수 있다는 생각으로 사람들과 만남에서 신중해야 함은 물론 상대방을 배려하는 마음을 잊어서는 안 된다.

6. 천 명의 인맥보다는 한 명의 코치를 만들어라

요즘 사회적으로 멘토나 코치에 대한 관심이 높다. 단순한 인간관계 보다는 구체적인 인간관계를 원하는 현상 때문일 것이다. 코치와 멘토는 성공으로 이끌어 준다는 데서 비슷하지만 엄연한 차이가 있다.

멘토라는 말의 기원은 그리스 신화에서 비롯된다. 고대 그리스의 이타이카 왕국의 왕인 오디세우스가 트로이 전쟁을 떠나며, 자신의 아들인 텔레마코스를 보살펴 달라고 한 친구에게 맡겼는데, 그 친구의 이름이 바로 멘토였다. 그는 오딧세이가 전쟁에서 돌아오기까지 텔레마코스의 친구, 선생님, 상담자, 때로는 아버지가 되어 그를 잘 돌보아 주었다. 그 후로 멘토라는 그의 이름은 지혜와 신뢰로 한 사람의 인생을 이끌어 주는 지도자라는 의미로 사용되었다고 한다. 따라서 멘토는 상대방 보다 경험이나 경륜이 많은 사람으로서 상대방의 잠재력을 볼 줄 알며, 그가 자신의 분야에서 꿈과 비전을 이루도록 도움을 주며, 때로는 도전도 해줄 수 있는 사람, 예를 들면 교사, 인생의 안내자, 본을 보이는 사람, 후원자, 장려자, 비밀까지 털어놓을 수 있는 사람, 스승 등을 들 수 있다.

반면에 코치는 전문적으로 잘 훈련을 받은 사람이며, 개개인의 특성에 맞게 그들의 필요에 접근해가는 방법에 숙련된 사람을 말한다. 이들은 다른 사람들이 자신이 원하는 것을 찾고 있을 때 그들의 가능성을 발견하고 개발하도록 격려, 지원하여 전략과 해결책을 더 쉽고 빨리 찾을 수 있도록 돕는 사람을 말한다.

따라서 수천 명의 인맥지수를 자랑할 것이 아니라 단 한 명이라도 인생의 멘토나 코치를 만들 수 있다면 시행착오를 겪지 않고 우리가 원하는 성공을 이룰 수 있게 될 것이다.

멘토를 조언자 또는 후견인이라고 한다면 멘티는 조언을 받는 사람 또는 추종자를 말한다. 요즘 성공을 기원하는 사람들이 사회적으로 명성이 있는 사람들에게 찾아가 멘토가 되어달라고 하는 경우가 많다. 멘토는 아무나 하는 것이 아니라 해당 분야의 전문성을 가진 사람이 하듯이 멘티가 되려면 멘티로서 의무를 지키는 사람만이 자격이 있다.

멘티는 멘토가 하는 조언을 받아들여야 한다는 것이다. 조언을 받아들이지 않는다면 멘티는 아니다. 따라서 멘티가 된다는 것은 성공해야 할 책임과 멘토의 조언에 따라야 하는 의무가 있는 것이다.

멘티가 되고자 하는 사람들을 보면 깊은 사제관계의 개념으로 다가 오는 사람이 있는 반면에 멘토의 전문성에 편승하기 위하여 수단으로서 다가오는 경우가 있다. "나는 전문가인 누구를 멘토로 모시고 있다." 또는 "누구를 잘 안다"라는 말로 자신의 일이 잘 풀리기를 바라는 사람이 많다. 이런 사람들의 특징을 보면 사람들이 가볍다. 인간관계를 깊고 오래 가는 것으로 생각하지 않고 한시적으로 필요할 때만 찾고 자신에게 좋은 것만 받아들인다. 이러한 유형의 사람들은 멘토의 내면적인 면보다는 외형적인 지위만이 눈에 보이기 때문에 자신에게 필요없을 때는 가차없이 버린다. 버리기만 하면 문제가 되지 않지만 심지어 멘토를 배신하거나 막강한 경쟁자로 나타나기도 한다.

좋은 멘토를 만나 성공하는 사람들은 가벼운 인간관계를 맺는 사람들이 아니라 진심으로 정성을 다해 만나는 것이다. 가벼운 인간관계를 좋아하는 사람들은 성공에 빨리는 갈 수는 있지만, 오래가지는 못한다. 성공이 오래가려면 진심으로 정성을 다하는 인간관계를 맺어야 한다.

7. 좋은 인연은 상대방을 감동시키는 데서 시작한다

불교에서 많이 쓰는 말 가운데 '일기일회(一期一會)'라는 말이
있다. 일기일회란 평생 단 한 번 만나는 것을 가리키는 말이다.
좋은 인연은 일생 동안 단 한 번밖에 볼 수 없으니 최고의 정성
을 다하여 만나라는 것이다.

일본 소프트 뱅크는 자산규모 20조원의
일본 정보기술(IT) 업체로 재일교포인 손
정의 씨가 회장이다. 일본 언론들은 그를
100년만에 한 번 나올까 말까 한 혁신적인
기업가라고 떠들어댄다. 그러나 손정의 씨
는 처음부터 부자가 아니었다. 그러나 크
게 성공해야겠다는 비전을 가지고 있었기

▲ 손정의

때문에 16세 때 사가현이라는 작은 시골에서 무작정 도쿄로 상
경하였다. 일본 맥도날드의 경영자 후지타 덴을 찾아갔다. 성공
한 사람을 통해 조언을 듣고 싶었기 때문이었다. 후지타 덴 회
장은 1971년 도쿄 번화가 긴자에 맥도날드 첫 체인점을 개설
한 이후 일본 내 체인점이 3,800여개로 확대된 맥도날드 재팬
(Japan)을 본사와 합작 설립해 32년간 사장과 회장을 지냈다.

그는 조언받기 위하여 찾아갔지만 만나주지 않자 1주일을 매달
렸다. 마침내 후지타 덴이 손정의의 정성에 감복하여 만나주었

다. 후지타 덴은 손정의에게 "미래사회는 컴퓨터, 인터넷의 시대가 될 것임으로 그 분야의 사업을 하라."는 조언을 하였다. 이후 미국으로 건너가 공부를 하고 귀국하여 마침내 소프트 뱅크를 설립하였다. 그리고 그는 오늘날 일본 최고의 갑부가 되었다.

우리에게는 임진왜란의 주범으로 기억되고, 일본인에게는 오다 노부나가의 뒤를 이어 천하통일을 이룩한 영웅으로 받들어지는 인물 도요토미 히데요시가 있다. 토요토미 히데요시는 원래 천민출신으로 당시의 최고 권력자였던 오다 노부나가의 신발을 가져다 주는 천한 계급이었다. 오다 노부나가가 추운 겨울날 자신의 신발이 항상 따뜻함이 이상하여 토요토미 히데요시를 불러 왜 그런지 묻자 추운 겨울날 주군이 발이 시려울까봐 신발을 가슴에 품고 따뜻하게 데웠다는 이유로 점점 신임을 받아, 무사가 되고 나중에는 거물로 성장하였다.

결국 토요토미 히데요시는 비천한 신분에서, 최고의 권력자였던 오다 노부나가를 감동시켰기 때문에 각 막부와 일본 전 영토를 통일하는 영웅적인 인물로 역사 속에 남아 있을 수 있었다.

이처럼 상대방을 감동하게 하면 우리의 운명이 바뀌는 경우가 많다는 것을 알고 인맥을 맺고자 하는 사람을 감동시켜야 한다.

요즘처럼 다양한 사람들과 무수한 만남 속에서 상대방을 감동시킬 수 있는 것은 문자나 이메일을 통해서 만남의 기쁨을 알려주고 많이 배웠다는 내용과 앞으로도 좋은 만남을 기원한다는 내용을 보내보자. 처음 만난 사람이 지나치다고 생각할 수 있지만 주기적으로 안부를 묻게 되면 자기도 모르게 오래 만난 사람처럼 인식이 변해 있게 된다.

비록 작은 것이지만 세심한 것이 조그만 감동으로 작용하여 경직된 사람의 마음을 열게 하고 좋은 인간관계를 맺게 하는 데 도움이 된다는 사실을 알아야 한다.

8. 좋은 인맥을 맺기 위한 노하우

● 인맥지도를 그려라

좋은 인맥을 맺기 위해서 가장 먼저 해야 할 일은 자신의 현재 인맥 상태를 점검하는 것을 말한다. 인맥 상태를 점검하는데 효과적인 것이 자신의 인맥지도를 그리는 것이다. 인맥지도는 크게 친목 지도와 전문 지도로 나눌 수 있다.

친목 지도는 말 그대로 아무 이해관계 없이 오직 친목을 중심으로 인맥을 분류한 것으로, 가족, 동창, 지역, 사내, 업계, 사외 인맥 등이 분류 기준이 된다. 가장 일반적인 형태이고 분류가 복잡하지 않으므로 신입 사원이나 인맥이 그리 넓지 않은 경우에 수월하게 그릴 수 있다는 장점이 있다.

반면에 전문지도는 전문분야를 분류 기준으로 나의 사업과 연관하여 인맥을 분류한 것이다. 예를 들어 정치, 경제, 법조, 비즈니스, 문화, 금융, 예술, 체육, 행정관계 등의 분류를 들 수 있는데, 인맥 관계가 넓고 복잡한 경우에 활용하면 좋다.

인맥지도를 그리면 이를 통해 자신이 부족한 인간관계가 어느 부분인지를 알 수 있다. 또한 반드시 관리했어야 하는데 미처 살펴보지 못했던 관계가 있는지 파악하는 데 도움을 줄 수 있다. 따라서 인맥지도를 통한 점검을 하고 난 후에는 자신의 인간관계를 정비하거나 부족한 인간관계를 보충하는데 도움을 받을 수 있다.

● 인맥은 시간과 비례하고 거리에 반비례한다

사랑은 시간과 비례하고 거리에 반비례한다. 인간관계도 그렇다. 시간을 내어서 자주 만나면 할 이야기도 많고 자꾸 보고 싶다. 그러나 아무리 친한 친구 관계였어도 오랫동안 만남을 갖지 못하면 오랜만에 만나서 할 이야기가 없어져 오히려 서먹서먹한 경우가 많다. 따라서 좋은 인맥을 구성하려면 자꾸 만날 수 있는 다양한 모임과 행사를 개최하고, 인맥을 묶을 수 있는 이벤트, 프로젝트를 추진하고, 단체와 조직을 만들어야 한다. 그래야 주기적으로 만날 수 있는 기회가 주어져 인맥끼리 돈독한 정도 들고 할 이야기도 많아진다.

● 온라인에서 만나라

바빠서 사람 만나는 일이 힘이 든다고 하는 사람일수록 인간관계가 좁다는 것을 알 수 있다. 좋은 인맥을 많이 맺은 사람일수록 바쁘지만 사람과 만남에 많은 시간을 투자한다. 오프라인 상에서 시간을 내기 어려워 좋은 인맥을 형성하는데 어려움이 있다면 온라인에서 인맥을 맺어 보라. 요즘은 사이버 상에서 만나 결혼을 할 정도로 바쁜 현대인들의 인맥을 높이는데 인터넷이 크게 기여하고 있다.

인터넷에서 좋은 인맥을 맺는 방법은 좋은 인맥들이 많이 모여 있는 커뮤니티, 블로그, 카카오톡, 밴드, 페이스북를 방문하여 회원으로 가입하라. 또한 자기가 좋아하는 언론계, 정계, 재계 등에서 개설한 인터넷 사이트를 찾아서 활동하라. 더욱 인맥을 넓히고 싶으면 온라인 상의 동문회, 지역모임, 취미모임, 스터디모임, 비즈니스모임에 참여해보라. 몰라보게 많은 인맥을 만들 수 있다. 친한 인맥들과도 지속적인 만남을 위해서 MS의 MSN, 네이트 온, 다음 터치 같은 메신저를 이용하여 짧은 시간이나마 인사라도 나누어 보자. 회사의 회의도 메신저를 이용해하는 경우가 늘어가고 있다.

그러나 온라인 상의 인맥을 오프라인에서도 좋은 인맥으로 변환하려면 단순한 가입에서 벗어나 게시판에 글을 올린다든가 온라인상에서 이루어지는 각종 이벤트에 참여해보자. 자연스럽게 회원들에게 궁금증을 유발하게 되어 오프라인 모임에서 좋은 인맥을 맺을 수 있다.

● **오프라인에서 만나라**

오프라인 상에서 많은 인맥을 맺고 싶으면 부지런해야 한다. 자신의 시간을 효율적으로 관리하여 최대한 오프라인에서 이루어지는 각종 모임에 참여해야 한다. 오프라인 상의 모임은 자신과 크게 관련이 없더라도 참여가 가능한 모임들이 많이 있다. 예를 들면 팬클럽, 취미모임, 후원회, 평생교육 기관에서 이루어지는 각종 교육 프로그램, NGO단체, 정당, 공청회, 각종 협회나 연합회, 학습동아리, 종교활동, 여행사에서 모집하는 패키지 여행, 단골 거래처, 자원봉사 등에 참여하라. 다양한 분야에 몰라보게 많은 인맥이 생길 것이다.

● 좋은일에는 꼭 참여하라

삼성경제연구소가 운영하는 '세리CEO'에서 회원들 을 대상으로 조사한 결과 역시 CEO가 될 수 있는 최고 덕목으로 '대인지능'이 꼽혔다. 한마디로 인간관계를 잘 맺어야 직장 내에서 성공할 수 있다는 얘기다. 실제 장수 임원, CEO의 특징은 회사 내에서 '적(敵)'이 없다는 점이다. 그리고 임원이 돼서도 임직원, 거래처 주요 인사들의 경조사는 무슨 일이 있어도 챙겼다고 한다. 좋은일에 참여가 조직원들로부터 신망을 이끌어 내고, 팀워크를 다지는 게 결국 경영 실적에도 반영된다는 설명이었다. 우리나라 사람들에게 좋은일에는 다른 모임과 비교하여 각별하게 생각하고 있으므로 좋은일에는 꼭 참석을 하도록 해야 한다. 그 중에서도 어려운 조사에는 꼭 참여하도록 해야 한다. 기쁠 때 찾아오는 사람은 전부 기억이 안 나도 어려울 때 찾아온 사람은 다 기억이 되는 법이다. 이러한 맥락에서 어려운 사람들을 만나면 그 일을 도와주어 보라. 그러면 도움을 받은 사람이 평생 멘티나 추종가가 될 수 있다. 남들이 어려울 때는 도와주는 습관을 가져보자. 그러면 좋은 인간관계를 맺을 수 있는 절호의 기회가 된다.

● 좋은 인맥을 가지려면 끈기를 가져야 한다

좋은 인맥은 하루아침에 만들어지지 않는다. 후한(後漢) 말기 유비와 관우와 장비가 의형제를 맺고 무너져 가는 한(漢)나라의 부흥을 위해 애를 썼지만 기회를 잡지 못하고 허송세월만 보낸 채 탄식하였다. 유비는 그 이유를 유효 적절한 전술을 발휘할 지혜로운 참모가 없었기 때문이라는 것을 깨닫고 유능한 참모를 물색하기 시작하였다. 그가 제갈량임을 알고 그를 맞으러 장비와 관우와 함께 예물을 싣고 양양(襄陽)에 있는 그의 초가집으로 갔는데, 세 번째 갔을 때나 비로소 만나주었다. 이때 제갈량은 27세, 유비는 47세였다.

제갈량은 원래 미천한 신분으로 이곳에서 손수 농사를 지으면서 숨어 지냈다. 제갈량은 자기를 3번이나 찾은 유비의 지극한 정성에 대해 감격하면서 운명을 같이하였다. 그는 유비가 비록 3국을 통일할 수 없었다는 것을 알았지만 성의에 감동을 받아 운명을 맡기기로 한 것이었다. 이처럼 좋은 인연의 끈을 만들려면 포기하지 않고 도전하는 끈기를 지녀라. 그럼 하늘도 감동할 수 있는 좋은 인맥이 만들어 질 수 있다.

"목표를 위임한 이상

작은 잘못은 비판하지 말아라"

- 슐레이 -

여성 리더로서 윤리 경영

도덕이란 인간이 지켜야 할 도리 또는 바람직한 행동기준을 말하며 도덕성은 도덕적으로 옳은 것을 말한다. 동양에서 도덕이란 말은 유교적인 어감이 강하고, 실상 유교의 이상을 나타내는 것이기도 하여 근대에 이르러서는 흔히 윤리라는 용어로 쓴다.

1. 왜 윤리 경영이 필요한가?

최근 전 세계적으로 기업 윤리에 대한 관심이 부쩍 커졌다. 이에 따라 윤리 경영의 중요성에 대한 인식은 점점 강화되고 있다. OECD 회원국인 우리나라에서도 윤리 경영이라는 세계적인 흐름에 부응하여 정부나 기업에서 국제 상거래 뇌물방지법 및 부패방지법 제정, 기업 경영의 투명성 확보 등과 같은 형태로 기업 윤리 확립을 위해 힘쓰고 있다. 이러한 노력의 결과 윤리 경영의 중요성에 대한 인식이 점점 강화되고 있다. 지난 해 산업자원부가 조사한 결과에 따르면, 국내 50대 기업 중 87퍼센트가 윤리 경영의 필요성을 인정하고 있다고 한다. 특히 올 해는 연초부터 은행을 비롯한 금융권과 대기업의 최고 경영자들이 신년사와 각 언론사의 인터뷰를 통해 윤리 경영을 올해의 최우선 과제로 추진하겠다고 밝힌 바 있다.

하지만 윤리 경영을 실천하는 일은 생각만큼 쉽지 않다. 윤리 경영이 기업에서 제대로 실현되기 위해서는 경영자의 올바른 이해와 구체적인 노력이 뒤따라야 한다. 전국경제인연합회가 2001년과 2002년 두 차례에 걸쳐 '기업윤리와 기업성과 간의 관계'를 조사한 바에 따르면, 두 번의 조사 모두 윤리 경영을 실천하는 기업들이 그렇지 못한 기업들보다 주가 상승률과 매출액 영업 이익률이 크게 앞서는 것으로 나타났다고 한다. 또한

2002년 전체 종합 주가지수는 9.5퍼센트 하락했으나, 전담 부서를 설치해 윤리경영을 실천하고 있는 기업들의 평균 주가는 10.2퍼센트나 상승하였다. 매출액 영업 이익률 역시 윤리경영 실천 기업은 1998~ 2001년 평균 10.3퍼센트를 기록함으로써 그렇지 못한 기업의 7.3퍼센트 보다 높게 나타났다.

우리나라보다 먼저 윤리 경영에 공을 들여온 미국에서도 윤리적인 기업은 종업원, 고객, 지역 사회, 주주들로부터 존경과 신뢰를 얻게 되는데 이것은 기업의 눈에 보이지 않는 자산이 된다. 세계 1위의 식품업체 네슬레(Nestle)는 윤리와 투명성이 소비자의 신뢰를 얻는 가장 좋은 방법이라는 것을 일찌감치 깨달은 기업이다. 세계 최초로 분유를 개발, 판매하기 시작한 네슬레는 1960년대 개발도상국 시장에서 위생 관념 부족으로 아이들이 병에 걸리는 문제가 생기자 대규모 마케팅 축소 정책을 실시하고 의료 기관을 통해서만 분유를 공급하기로 결정했다. 이러한 결정은 식품회사 네슬레의 투명한 이미지를 소비자들에게 각인시키고 이후 강력한 브랜드 파워를 구축할 수 있는 계기가 되었다.

존슨 & 존슨은 1999년, 2000년 연속으로 월스트리트 저널이 선정하는 '미국의 존경 받는 기업 1위'에 꼽힌 기업으로서 윤리 경영으로 성공을 거둔 대표적인 사례로 꼽힌다. 존슨 & 존슨에서는 지난 1982년 미국 시카고에서 주력 제품인 타이레놀을 복용한 사람 7명이 사망한 사건이 발생했다. 이 회사는 발 빠르게 '고객에 대한 책임'을 명시한 '우리의 신조'에 따라 행동했다. 존슨 & 존슨은 시카고 지역 제품만 수거하라는 미국식품의약국(FDA) 권고를 뛰어넘어 전국에서 약 3,000만병 1억 달러 어치의 타이레놀을 전량 회수했다. 또 "사건 원인이 규명되기 전에는 타이레놀 제품을 절대 복용하지 말라"고 소비자들에게 대대적으로 홍보했다. 당시 타이레놀은 이 회사의 연간 매출액의 7퍼센트(3억5,000만 달러), 이익의 17퍼센트를 차지하는 주력 상품이었던 점을 감안할 때 이러한 조치는 상당한 불이익을 감수한 결정이었다. 사건 직후 35퍼센트였던 시장점유율은 7퍼센트까지 떨어졌으나 3년 만에 제자리를 회복했다. 소비자들이 존슨 & 존슨의 윤리적 태도를 신뢰하는 쪽으로 기운 것이다.

결국 윤리 경영에 실패하는 기업들은 도태되거나 사람들의 외면을 받을 수밖에 없다. 그래서 요즘의 모든 기업들은 기업의 윤리 경영을 위하여 노력하고 있다. 기업의 윤리 경영은 최고 경영자들만의 책임으로 돌리기 어렵다. 따라서 기업을 이끄는 여성 리더인 CEO들의 도덕성 여직원들의 도덕성에 대하여도 관심이 점차 증가하고 있다. 당신은 윤리 경영에 필요한 사람인가?

2. 윤리 의식이 없으면 성공도 없다

세계적인 과학전문지에 황우석 박사의 논문이 실리고, 세계 여론이 그에 대한 관심을 보이기 시작하면서 국내의 온갖 매스컴, 정부, 정치인들은 하나같이 그를 추켜세우기에 바빴다. 하루아침에 그는 우리나라의 미래를 걸머진 불세출의 영웅이 되었다.

황 박사에 대한 희망은 줄기세포 연구에 대한 윤리적인 문제를 아주 조심스럽게 꺼낸 사람들을 찬물 끼얹지 말라는 식으로 매도했고, 주요 언론들은 그의 위대성만을 부추기기만 했다. 난자 입수과정에 대한 언급을 하는 사람들이 간간히 있었지만, 그냥 흘러가 버렸다. 그러나 내부의 불협화음으로 논문이 조작되었다는 중대한 윤리 문제를 일으키게 됨에 따라 전면적으로 윤리적으로 문제가 되었다. 난자 유상 거래 의혹과 관련, 119명의 난자 제공자 중 절반 가량인 66명의 여성에게 금전이 지급된 것으로 확인됐다.

황 박사의 연구 과정에서 속속들이 윤리를 위반한 문제가 들어남에 따라 황 박사는 기존에 가지고 있던 명예나 권한들을 전부 빼앗기고 말았다. 황 박사가 논문을 조작하지 않고, 윤리적으로 문제가 없었다면 아마도 세계 최고의 줄기세포를 개발한 학자로써 노벨상을 받았을지도 모른다. 우리의 미래를 걸머진 불세출의 영웅이 국민들의 희망을 송두리째 저버렸다. 바로 윤리 의식을 저버렸기 때문이다.

이처럼 성공한 사람들이 윤리문제를 쉽게 생각하는 이유는 무엇일까? 대부분 성공한 사람들은 전문성과 실력을 인정받아 리더가 되었지만 그들이 모두 조직을 성공으로 이끈 것은 아니다. 한치 앞을 내다볼 수 없는 시장 속의 기업을 험난한 바다 위의 배에 비유한다면, 명석한 여성 리더는 어떤 시련에도 굴하지 않고 정해진 목적지를 향해서 항해를 계속해 나가는 노련한 조타수에 해당한다.

어려운 환경 하에서 모든 기업들이 어려움에 직면할지라도 주어진 목표를 향하여 어떻게 나아가야 될 지를 제시해 줄 수 있는 리더만 있다면 어떤 어려움도 극복할 수 있다고 기대하기 때문이다. 그러나 능력 있는 여성 리더들도 실패를 하는 경우가 많다.

능력 있는 여성 리더들이 실패하는 이유에는 여러 가지가 있지만 그중에서 가장 중요한 이슈로 등장한 것은 윤리 의식이다. 여성 리더들의 윤리성이 결여된 비이성적 행동이나 판단으로 한 기업이나 조직은 물론이고 나라를 망하게 하는 경우를 어렵지 않게 찾을 수 있기 때문이다.

브라질의 여성 대통령인 지우마 호세프는 민주화 운동에 참여하여 오랫동안 수감생활을 거쳐 룰라정부에서 에너지장관, 정무

장관을 지냈으며, 2010년 10월 브라질 역사상 최초의 여성 대통령으로 선출되었다. 과감한 정책 추진력으로 인해 '브라질의 대처', '철의 여인'이라고 불리며 브라질 국민들의 희망이 되었다. 그러나 재정 적자를 숨기기 위해 회계장부를 조작했다는 의혹 및 석유공사 비리 문제에 연루되어 2016년 8월 탄핵되었다.

눈 앞의 이익에 급급하여, 윤리 문제를 무시한 사건들이 성공한 여성 리더들에게 일어나고 있다. 여성 리더 혹은 기업인으로 갖춰야 할 윤리 의식이 결여될 경우, 한 조직이나 기업을 존폐의 위기로 몰고 갈 수 있음을 알 수 있다. 때문에 여성 리더로서 오랫동안 성공하기 위해서는 윤리의식이 절대적으로 필요하다.

3. 윤리에는 왕도가 없다

우리는 살면서 지름길이 없는 경우에 '왕도(王道)는 없다'는 말을 자주 한다. 어원적으로 보면 왕이 수학을 배울 때, 다른 평민들보다 더 쉽게 배울 수 있는 방법이 있는가 하는 물음을 제기한 데서 비롯된 것이다. 그 질문을 받은 수학자는 '수학에 왕도'는 없다고 답변하였다. 그렇다면 같은 맥락에서 윤리에는 '왕도'가 있는가. 요즘처럼 '윤리에 왕도가 없다'는 주장을 실감하는 때도 없다. 예전에는 전혀 문제가 되지 않던 것이 사회의 기준이 상향 조정되면서 문제가 되는 경우도 있으며, 일반인들에게는 대단한 일도 아닌데 공인들에게는 치명타인 일들이 너무 많이 생겼다. 따라서 윤리에는 왕도가 없으므로 모든 일을 신중하게 처리함은 물론 미래에도 도덕적으로 문제되지 않을 것인가 문제될 것인가를 고민하여 문제가 생길 일은 하지 말아야 할 것이다.

우리 역사 속에서 윤리적인 삶에 대하여 대표적인 표상인 분이 있다. 바로 황희 정승이다. 비록 시대적으로는 차이가 있지만 이 분의 삶을 모델로 우리가 살아간다면 살아서도 존경을 받지만 죽어서도 존경받는 사람이 될 것이다.

조선 초기 60여년을 관직에 있었고 영의정을 18년이나 지낸 황희 정승은 동시대의 인물 맹사성과 함께 청백리의 귀감으로 후대의 존경을 받고 있으며 특히 황희 정승에게는 수많은 일화들이 전해지고 있다.

고려조의 문과에 급제하여 벼슬길에 올랐다가 1392년(30세) 되던 해에 이성계의 역성혁명이 일어나자 두 임금을 섬기지 않겠다는 칠십이현과 함께 두문동으로 들어갔던 황희는 "젊은 자네는 나가서 불쌍한 백성들을 위해 일하라"는 선배들의 간곡한 권유로 두문동을 나와 새로운 정권에 참여했다. 반대 인사였다는 질시 속에 빛을 보지 못하고 있다가 태종이 등극한 후로 형조, 예조, 병조, 이조의 정랑을 거쳐 도승지의 전신인 지신사가 된 43세경부터 자기 소신을 펴기 시작했다. 그 후 공조, 병조, 예조, 이조판서를 두루 역임하면서 태종과 함께한 18년, 다시 세종과 함께한 27년, 그동안 우의정, 좌의정을 거쳐 영의정을 18년이나 하면서 법률과 제도를 정비하고 내치에 힘써 태평성세를 이룩함으로써 세종대왕의 한글창제 등의 위업을 달성할 수 있게 했다. 1449년(세종 31년) 87세 되던 해에 60여 년 간의 관직생활에 종지부를 찍고 영의정 자리에서 물러났고 3년 후 90세로 한양의 석정동 자택에서 세상을 떠났다. 세상을 떠나기 전에 왕이 문병을 왔다고 한다. 그런데 재상을 20년 넘게 지낸 90노인이 멍석자리 위에 누워 있었다. 이를 본 왕이 깜짝 놀라 이럴 수가 있느냐고 하자 그는 태연하게 "늙은 사람 등 긁는 데는 멍석자리가 십상입니다."라고 했다고 한다.

조선 최고의 재상으로 60여년을 보낸 사람이 노후의 청렴한 삶을 살고 있는 것을 보고 그 누가 욕을 할 것인가? 더욱 우리의 역사 속에서 중요한 역할을 수행한 명재상의 삶이 이렇다면 존경하지 않을 사람이 있겠는가? 요즘 작은 이익을 위해서 자신의 윤리를 잃어버리는 사람들이 새겨들어야 할 일화가 아닌가?

4. 돈, 명예, 권력 하나만을 선택하라

사람들은 직업을 선택할 때 돈, 명예, 권력 중 하나를 선택하여 자기의 직업을 찾게 된다. 돈, 명예, 권력의 선택은 개인의 가치관에 따라 선택이 달라진다. 당연히 돈을 좋아하는 사람은 돈을 많이 버는 직업을 선택해야 하며, 명예를 좋아하는 사람은 학자, 가르치는 직업, 사회지도자와 같은 직업을 선택해야 하고, 권력을 좋아하는 사람은 정치나, 공무원, 군인, 경찰과 같은 직업을 선택해야 한다.

돈, 명예, 권력의 3가지의 가치는 때에 따라서 다 가질 수 있지만 대부분은 한 가지만을 가질 수 있다. 사람의 욕심은 끝이 없어서 돈을 가지면 명예를 갖고 싶어 하고, 명예나 권력을 가지면 돈을 갖고 싶어 한다. 그러나 사회적인 윤리의식은 명예나 권력을 가진 사람들은 돈과는 멀리 떨어져 있기를 원한다. 따라서 돈과 명예, 권력은 서로가 대치되는 개념으로 생각하여 명예나 권력을 가진 사람이 돈을 너무 원하면 윤리적으로 문제가 되는 경우가 많다.

현대그룹의 정주영 회장이 우리나라에서 최고의 기업을 선도하는 최고경영자로서 성공의 상징처럼 존경을 받았다. 정 회장은 부에 있어서도 우리나라 최고갑부 였으며 사람들로부터 존경을 받았다. 그러나 정 회장은 권력을 갖고 싶어서 대통령 선거에 출마를 하게 되었다. 결국 정 회장은 선거에서 참패를 하고 경제적인 부는 그대로 유지를 하였지만 선거 이전까지 받았던 존경받는 기업인이라는 명예적인 부분은 많이 희석되었다.

정치인들이나 고위 공직자들은 권력을 가졌음에도 불구하고 경제적인 부를 축적하다 보니 물의를 일으켜 사회적으로 매장되어 가지고 있던 권력도 잃게 되는 경우가 많았다. 이러한 현상들이 끊이지 않고 문제를 제기하게 됨에 따라 정부에서는 공직자 재산 공개 제도를 만들어 권력을 가진 사람들이 부당한 부의 축적을 원칙적으로 제거하려고 하였다. 그러나 아직까지 사람들은 남들이 부러워하는 권력을 가졌으면서도 돈에 대한 욕심을 버리지 못하여 자신의 권력을 잃게 되는 경우가 많다.

이처럼 사람들의 욕심은 끝이 없다. 이러한 욕심을 제거해야만 자신이 가졌던 부, 명예, 권력 중에서 하나라도 온전히 지킬 수 있는 시대가 되었다. 오히려 한 가지 가치만 선택하여 끊임없이 자기 개발을 한 사람들은 자신의 가치가 상승하게 됨에 따라 부를 가진 사람이 명예를 갖게 되고, 명예를 가졌던 사람이 부를 갖는 경우를 주변에서 쉽게 볼 수 있다.

오히려 평범한 사람들에게는 더욱 유혹의 손길이 많기 때문에 꼭 필요한 교훈으로 생각하여야 한다. 작은 이익에 눈이 멀어 본인이 원래 수행해야 하는 가치를 망각해서 망신살이 뻗치거나 일자리를 잃는 경우가 비일비재하기 때문이다.

성공하기를 원하는가? 그러면 돈, 명예, 권력 중 하나를 선택하여 열심히 정진해보라. 그럼 언젠가 3가지의 가치를 모두 가지고 있는 자신을 발견하게 될 것이다.

5. 도덕지수(Moral Quotient)를 높여야 한다

대기업에서 요구하는 인재상에는 도덕성 항목이 꼭 들어가 있다. 윤리 경영을 위해 도덕성 높은 사람들을 기업에서 요구하고 있기 때문이다. 그래서 도덕성을 높이기 위한 노력에 관심을 가지고 있다. 도덕성을 높이기 위한 방편으로 도덕지수를 높이는 분위기이다.

도덕지수는 얼마나 착하고 양심적인가를 측정하는 지수이다. 도덕지수의 향상은 유아기 때 시작되어 초등학교 시절에 거의 완성된다고 한다. 도덕지수의 개발은 실생활에서 사람들과 부딪히며 훈련을 통해서 쌓아야 한다. 학교에서 배우는 규칙적인 암기나 학교수업을 통한 학습이나 집 안의 가정교육은 도덕지수 훈련에 전혀 도움이 되지 않는다.

도덕지수는 사회생활에서 부모나 다른 사람을 행동모델로 삼아 스스로 판단하면서, 올바른 것이 무엇인가를 깨닫는 과정에서 습득되기 때문이다. 따라서 부모가 말로는 도덕을 강조하지만 아이 앞에서 질서를 어기거나 도덕적으로 어긋난 행동을 한다면 아이의 도덕의식은 상처를 입게 된다. 도덕의식에 상처를 입게 되면 아이들은 두 개의 가치관을 가지게 되어 머리 속에서는 도덕을 지켜야 한다고 생각하지만 실제 행동에 있어서는 부모와 같이 질서나 규칙을 위반하게 된다.

　성공한 유명한 사람들이 윤리 문제로 자신의 인생 행로를 관리해야 하는 이유는 그들이 반드시 잘못을 저질러서가 아니다. 다른 사람의 모범이 될 만큼 윤리규범을 엄격히 지키지 못할 때 미치는 파장이 크기 때문이다. 성공한 사람의 권한이나 명예가 크면 클수록 책임도 무겁기 때문이다. 대다수의 국민들은 성공한 사람들의 삶의 모습을 보고 인생의 모델로 삼아 따라하거나, 생활신조로 삼기 때문이다. 결국 성공한 사람들의 말 한마디나 행동 하나는 국민 전체에게 미치는 영향이 크기 때문이다.

　한 국가의 건강도는 국민들의 도덕지수에 있다고 해도 과언이 아니다. 건강한 사회를 만들기 위해서 모든 국가들은 어려서부터 도덕교육에 관심을 둔다. 우리나라는 초등학교 때부터 도덕교육의 중요성을 인식하고 교육을 시키고 있으나, 고등학교에 가게 되면 입시 경쟁위주의 교육이 진행됨으로 인하여 도덕교육에 대하여 신경을 쓰지 못하게 된다.

　성인이 되어서도 예전에 배운 기억은 있는 것 같은데 사회에서는 그렇게 살지를 않기 때문에 사회 속에서 살기 위해서는 도덕불감증으로 살게 되는 경우가 많다. 그러다 보니 도덕과는 상관없는 삶을 살게 되고 사회의 치열한 생존경쟁만을 배워 자신의 이익을 위하여 물불 가리지 않는 현상이 생겨나게 된 것이다. 그러다 보니 성공하고 나면 예전에 자신의 이익을 위해 도덕적이지 못한 행동들이 문제가 되어 자신의 행보를 자유롭게 하지 못하게 된다. 심하면 바닥까지 추락되는 원인이 된다.

따라서 성공이 오랫동안 유지되기 위해서는 도덕성을 길러야 한다. 이러한 도덕성을 높이는 시기를 2,3세부터라고 보고 도덕 교육이 시작되어야 한다고 학자들은 주장한다. 그러나 성인이 되어서도 성공하기 위해서는 도덕성을 높이기 위한 노력을 해야 한다. 성인들이 도덕성을 높이기 위한 방법으로는 다음과 같다.

첫째, 사회학습 이론가들이 주장하는 바로서, 도덕적인 행동이 습관이 되도록 하거나 타인의 도덕적 행동을 관찰할 수 있는 기회를 부여하여 모방행동이 많이 일어나도록 하는 것이다. 예를 들면 도덕적으로 완벽한 사람들의 삶의 방식이나 행동 모습을 보고 그의 행동을 모방하는 것이다. 이러한 모방을 통해 규칙을 잘 지키고 다른 사람을 먼저 배려하게 되면 자신에게 습관이 되어 도덕지수가 높아진다.

둘째, 인지이론가들이 주장하는 바로는 수시로 가치가 변화하는 사회 속에서 이에 합당한 도덕적 행위를 할 수 있도록 상황을 정확히 판단할 수 있는 능력을 키워야 한다는 것이다. 도덕적 판단 능력은 지적인 능력과 비례한다. 따라서 지적 능력이 높은 성인들은 도덕적 판단 능력은 높으나 그것을 합리적으로 판단하지 않고 자신의 이익과 결부하여 판단하기 때문에 문제가 된다. 그러나 도덕 지수를 높이기 위해서는 자신이 하는 모든 행동에 대하여 무의식적으로 하지 말고 어떤 행동을 했을 때 사회적

규범에 일치하느냐, 일치하지 않느냐를 합리적으로 판단해야 한
다. 이러한 도덕적 판단이 습관이 되면 자연적으로 사회적 규범
에 맞는 행동이 내면화되어 도덕지수가 높아진다.

6. 성공을 위한 자신만의 윤리 선언이 필요하다

성공하기는 쉬워도 성공을 유지하는 것은 어렵다는 말이 있다. 성공을 유지하기 어려운 이유를 들어보면 첫째는 성공을 위해서 노력하는 것은 개인의 노력으로 가능하지만 성공을 유지하는 것은 다른 사람들의 도움이 필요하기 때문이다. 둘째는 성공하기 위해서는 최선을 다했다가도 성공하면 초심을 잃고 자기 개발을 계속하지 않기 때문이기도 하다. 셋째는 성공하면 주변에서 유혹의 손길이 많기 때문에 자칫 잘못하면 진흙 속으로 빠지는 경우가 많기 때문이다.

윤리 경영에 대한 관심이 많아짐에 따라 기업이나 관공서, 전문직에서도 나름대로 윤리 선언을 만들어 생활화하려고 하고 있다. 이러한 윤리 선언은 비단 구성원들에게만 필요한 것이 아니라 대외적으로 관련된 사람이나 고객들에게도 긍정적인 영향을 미치게 된다. 실제로 사람들은 윤리 선언이 없는 기업이나 조직보다는 윤리 선언을 가지고 있는 기업이나 조직에 대해서 신뢰감을 조금이라도 더 갖게 된다고 말 한다.

따라서 성공한 사람이 되기 위해서는 나름대로 자신의 윤리 선언을 만들어서 항상 마음 속에 새겨두고 생활화하여야 한다. 비록 자신의 윤리 선언이 남에게 알려지지 않더라도 내면화되고 생활화되어 쌓이면 어떤 경력이나 학력보다 위대한 가치를 가지게 된다. 당장은 눈앞의 조그만 욕심을 줄이는 것이 힘들 수 있지만 지금의 인내하는 삶이 후에는 훨씬 커다란 가치로 분명히 보답을 한 것이기 때문이다.

원래 윤리가 등장하게 된 이유는 인간이 사회적인 동물이며, 또한 인간이란 선한 행동도 할 수 있고 악한 행동도 할 수 있는 이중성의 특성을 가지고 있기 때문에 인간에게는 윤리가 필요한 것이다. 따라서 자신의 윤리 선언을 만들어 이를 실행한다는 것은 미래에 크나큰 성공을 위해서 필수적인 것이다.

"위대한 지도자는 비전과 일상의 간격을
메워주는 교육자여야 한다.
그러나 자기가 선택한 길을 사회가
따라오게 하기 위해 혼자서 그길을
걸어가야만 하는 사람이다"

- 키신저 -

Part 007

제7장

여성 리더에게 꼭 필요한 도전

도전이란 보다 나은 수준에 승부를 거는 것으로 도
전은 강인한 추진력을 나타낸다. 따라서 도전을 위
해서는 목표가 뚜렷해야 한다. 꿈만 있어서도 안
된다. 꿈이 있고 비전이 있으면 그 비전을 실천하기
위한 도전의 정신이 꼭 있어야 한다. 도전과 모험이
없는 곳에는 결코 승리와 성공은 없다. 고로 도전은
모험이요, 개척이요, 승리자의 확신인 것이다. 또한
고난이 클수록 영광이 크며, 그 가치 또한 더욱 빛
나 보인다. 결국 도전이 있어야만 성공의 열매가 그
대를 기다리고 있을 것이며, 승리자의 확신이 그대
에게 커다란 기쁨을 선사하게 될 것이다.

1. 도전은 아름답다

인생은 도전(挑戰)의 연속이다. 도전 앞에는 승리도 있고, 또한 실패도 있다. 결코 승리는 우연의 산물이 아니요, 요행(僥倖)의 결과는 더욱 아니다. 그것은 피눈물 나는 노력과 도전의 결정체이요, 끊임없는 투쟁의 소산이다.

칭기즈 칸은 말했다. 자신이 한계를 딛고 일어섰을 때 비로서 테무친이라는 평범한 아이에서 위대한 황제인 칭기즈 칸이 되었다고 한다. 한계는 누가 세운 것이 아니라 자기가 만든 기준이라는 것이다. 한계라는 것은 어렵다고 생각하여 스스로 할 수 없다는 것을 말한다. 따라서 사회적 기준도 아니고 법도 아닌, 한계는 내가 만든 것이다. 그런데도 우리는 매사에 스스로의 한계를 규정하고 나는 이 정도 밖에는 안 된다는 한계를 만들어 도전도 해보지 않고 스스로 포기하는 일이 많다.

왜냐하면 실패를 두려워하기 때문이다. 도전은 성공을 위해 필수적인 것이다. 도전하지 않는 사업에 성공이란 있을 수 없기 때문이다. 도전하면 50대 50의 승부수가 있다. 인생을 살면서 50퍼센트의 승률은 매우 높은 것이다. 이렇게 높은 승률을 우리가 스스로 포기한다는 것은 매우 위험천만한 일이다. 실패를 했다고 해도 실패는 우리의 삶을 구렁텅이로 빠뜨리거나 모든 것을 잃게 하지 않는다. 단지 실패했다는 사실이 두려운 것이다.

그러나 실패도 내가 인생을 살아가는데 중요한 경험이 된다면 도전의 최악은 실패를 경험할 기회를 준다. 그러나 도전하지 않으면 우리는 실패를 경험할 기회마저 저버리게 된다.

사람들은 성공한 사람들을 보게 되면 그 사람이 매우 특이한 사람이기 때문에 성공했거나, 운이 매우 좋아서 하는 일마다 성공했기 때문이라고 생각하는 경향이 많다. 실제로는 그렇지 않다. 성공한 사람들의 면면을 보면 그 만큼 실패를 했기 때문에 성공이 값어치가 있는 경우가 많다.

우리가 잘 알고 있는 토마스 에디슨도 수도 없이 많은 실패 속에서 성공을 하였다. 토마스 에디슨은 1,000종 이상을 발명했지만 많은 발명을 위해서 에디슨은 수백만 번의 실패를 거듭했다. 에디슨은 우리가 현재 사용하고 있는 전구를 완성하기 위해 9,999번이나 실패를 했다. 한 친구가 "자네는 실패를 1만번 되풀이할 작정인가."라고 물었다. 그러자 에디슨은 "나는 실패를 거듭한 게 아니야. 그동안 전구를 발명하지 않는 법을 9,999번 발견했을 뿐이야."라고 대답했다. 에디슨은 매일 16시간 일했다. 그는 자기가 유별난 체질이 아니라, 다른 사람들이 게으르다고 생각하였다. 그는 사람들이 한정된 인생의 귀중한 시간을 너무 많이 수면으로 낭비하고 있다고 입이 마르도록 안타까워했다. 또한 그는 시간을 아끼기 위해 극히 적은 양의 식사를 섭취했으며, 다른 사람에게도 식사를 줄이도록 하라고 권유했다. 에디슨은 84년 생애 동안 무려 1천93개의 발명품을 남겼으며, 기록한 아이디어 노트만 해도 3천4백권이나 된다. 그는 60세가 넘어서도 실험에 열중하였으나, 화재로 인해 자신의 연구소가 잿더미로 변해 벼랑 끝으로 떨어졌다. 그러나 그는 좌절하지 않았다. 그는 최악의 상황에서도 자신의 도전 의지를 불살라 다시 제기하는데 성공하였다.

미국의 전설적인 홈런타자 베이브 루쓰(Babe Ruth)는 전에 1,330번이나 삼진을 당했지만, 우리는 그가 날린 714개의 홈런만을 기억할 뿐이다.

농구의 황제 마이클 조던은 초등학교 때부터 시작해 열두 살에 농구의 MVP로 선정되었으나 고등학교 때는 학교 대표팀에서 탈락하였다. 그 일을 계기로 자신의 실력을 증명하기 위해 끊임없이 노력한 결과 그는 지금의 자리에 이르렀다.

100편이 넘는 서부 소설을 쓴 미국의 극작가 루이스 라모르는 첫 원고의 출판을 하기까지 350번이나 거절당했다. 베스트 셀러 작가인 그는 훗날 그는 미국 작가로서는 최초로 의회가 주는 특별 훈장을 받았다.

어린아이들은 실패가 무엇인지를 모른다. 그렇기 때문에 무엇이든 행동으로 옮겨서 좋은 것은 빨리 배운다. 당신도 걸음마를 배울 때, 몇 걸음 걷다가 넘어지고 또다시 일어나기를 반복하면서 배웠을 것이다. 심지어는 다치기도 하였을 것이다. 그러나 어린아이는 다치거나 상처입는 것을 두려워하지 않기 때문에 모든 것을 배워나간다. 그러나 어른이 되면서 세상을 알게 되고 어려울 것 같다는 생각이 포기를 만든다. 불가능하다고 생각하는 것은 실제 불가능해서가 아니라 내가 만든 기준 때문에 그렇다는 것이다. 그래서 성공한 사람들은 불가능이 없다고 하기도 하고. 포기하지 않으면 모든 것이 이루어진다고 한다. 그리고 에디슨은 "성공은 실패의 어머니"라는 말을 하여 결국 실패를 해야만 성공에 이를 수 있음을 역설했다.

2. 세상은 용감한 사람들의 것이다

세상은 도전하는 사람들에 의하여 발전하고 발달하였다. 새로운 것을 찾아서 탐험한 사람들에 의하여 신대륙이 발견되었고 험난한 오지의 지도가 만들어졌다. 새로운 것을 만들려는 과학자들에 의하여 우리의 삶을 지배하는 TV가 탄생하게 되었으며, 핸드폰이 나왔다.

처음 전화기를 발명한 벨의 통신 실험이 성공했으면서도 불구하고 사람들은 그를 정신병자라고 생각하였다. 굳이 말로 전달해도 되는 것을 장난감 같은 기계를 만들어서 대화를 하려고 하였기 때문이다. 그렇지만 벨은 전화기를 발명하여 특허를 얻었다. 벨이 전화기를 발명하던 당시, 세계 최고의 전신회사이던 웨스턴유니언 사장에게 벨이 음성전화 기술 특허를 10만 달러에 팔겠다고 제안했을 때 웨스턴유니언 사장 오톤은 일언지하에 거절했다. 결국 그는 평생 부자가 될 수 있는 기회를 스스로 차버렸다. 주변 사람 대부분들도 벨의 전화 발명을 '장난감'이라며 시큰둥한 반응을 보였다. 그러나 그는 벨이라는 자신의 본명을 딴 전화기계 제조회사를 차려 그 동안 연구하기 위해서 쓴 돈의 몇만 배나 많은 돈을 모을 수 있었다.

비행기를 발명한 라이트 형제는 훌륭한 싸움꾼이었다. 사람들은 인간이 하늘을 난다는 것이 불가능하다고 생각하였기 때문에 라이트 형제의 무모한 도전을 곱지 않은 시선으로 보았다. 그러나 라이트 형제는 어떤 위협에도 굴하지 않고 진실을 수호했고, 식을 줄 모르는 열의를 갖고 경청했고 유연한 사고를 가졌다. 논리적이지 않은 비난을 무시하였다. 그러나 발전적이고 건설적인 논쟁을 통해 초기의 거친 아이디어를 다듬고 구체적으로 형상화할 수 있었다. 그래서 그들은 마침내 비행기를 만들어 하늘을 날았다.

알프레드 노벨은 자신이 만든 다이너마이트 등의 폭약으로 엄청난 돈을 벌어들인 억만장가 되었으며 노벨상을 만든 사람이다. 원래 노벨이 다이너마이트를 만든 이유는 광산에서 굴을 팔 때 사람의 힘으로 팔 수 없는 부분을 뚫을 때 쓰기 위해 다이너마이트를 개발하였다. 원래의 목적은 평화적인 이유로 만들어진 것이다. 그러나 자신이 만든 다이너마이트가 전쟁 등에서 사람을 대량 살상하는 악마의 발명품으로 사용되자 노벨은 국제적으로 비난을 받게 되었다. 점차 노벨은 자신이 만든 폭약에 의해 희생한 사람들을 생각하게 되었다. 자신의 재산을 정리하여 노벨 재단을 만들게 했다. 그래서 그가 죽은 뒤에 노벨 재단, 노벨상 등이 만들어졌다.

이처럼 세상을 이끌어 가는 사람들의 삶은 순탄하지 않다. 나름대로 노력은 물론이지만 주변에서 수많은 질타를 보내기도 한다. 그래서 한 TV 광고의 멘트 중 "남들과 다르다는 것은 약간의 시샘과 부러움의 대상이 된다." 남들과 다르다거나 남들보다 앞서게 되면 사회는 가만 놔두지를 않는다. 딴지를 걸거나 뒤에서 붙잡아 끌거나 심지어는 비난을 하거나 헐뜯어서 추락하는 것을 보고자 하는 사람들이 항상 존재한다.

성공의 길로 나가다가도 주변의 비난이나 질투로 인하여 자신의 길을 잃고 실패하는 경우도 있다. 주변의 비난이나 질투는 성공을 향하거나 남들과 차이가 있는 사람에게 항상 그림자처럼 따라 다닌다. 마음이 약한 사람들은 남들이 의미없이 던진 비난이나 질투가 비수가 되어 가슴에 꽂혀 일어설 기운마저 빼앗기는 경우가 많다.

이기적인 사람과 똑똑한 사람은 분명히 다르다. 똑똑한 사람은 자신이 원하는 것을 얻기 위해 노력하고 결국은 쟁취하는 경우가 많다. 그래서 다른 사람들의 질투와 시기를 받는다. 현명한 사람이 되기 위해, 나도 이루고 남도 배려할 줄 아는 사람이 되기 위해 현실적인 것들을 간과 하거나 무시하는 실수는 하지 말아야 한다.

세상은 용감한 사람들의 몫이다. 아무리 거센 바람과 번개가 있다고 해서 그런 환경에 굴복한다면 이 세상에서는 아무것도 할 일이 없게 된다. 주면에서 무심코 하는 자신에 대한 비난이나 질타를 애써서 귀담아 들을 필요는 없다. 필요한 것만 듣고 나머지는 철저히 무시해야 한다. 그렇지 않으면 마음의 상처로 인해 모처럼 가졌던 도전을 포기하게 된다.

3. 도전하려면 호기심이 많아야 한다

　우리는 의도적으로 도전을 해야 기회를 만들어 낼 수 있다. 평범이란 이름으로 남이 간 길을 무작정 따라가는 곳에선 기회가 있을 수 없다. 따라서 도전하기 위해서는 호기심이 왕성해야 한다. 호기심은 새롭거나 신기한 것에 끌리는 마음을 말한다.

　우리의 생활을 어떻게 하면 편하게 할 수 있을까? 새처럼 하늘을 날아볼 수는 없을까? 저걸 어떻게 하면 알 수 있을까? 이러한 호기심들을 모두가 한번쯤은 가져보았을 것이다.

　물론 이러한 호기심이 호기심으로만 끝나는 경우도 적지 않다. 어떤 사람들은 의문을 풀기 위해 혹은 문제를 해결하기 위해 돈키호테처럼 다른 사람들이 보기에는 터무니없는 열정을 갖고 달려들기도 한다. 또 그것이 생각지 않았던 의외의 결과를 가져오기도 한다.

　2002년 10월 9일, 일본의 평범한 한 연구원인 다나카 고이치 씨가 호기심으로 출발한 연구로 인해 노벨상 화학상을 수상한 적이 있다. 그의 성장 과정과 연구원 생활은 정말 지극히 평범한 사람들의 모습과 다를 바가 없었지만 호기심 하나로 새로운 분야에 도전하여 최선을 다해 노력하여 최고의 결과를 얻을 수 있었던 것이다.

다나카는 노벨상 수상식 기념 강연에서 "나는 대학에서 화학을 전공한 사람이 아니기에 역대 수상자 중에서 최대의 도전자였다고 생각한다."며 운을 뗐다. "나는 샐러리맨 기술자이다. 두뇌가 뛰어난 것도 아니고, 전문 지식도 충분하지 않다. 하지만 묵묵히 연구를 해온 결과 놀라운 발견을 할 수 있는 기회를 잡게 되었고, 노벨상까지 수상하게 되었다. 살다보면 이런 일도 일어난다." 나는 호기심이 왕성한 편이어서 모르는 분야에 도전하는 것이 오히려 즐거웠다. 갓 대학을 졸업하고 20대 초반이었다는 사실도 있겠지만, 40대가 된 지금도 새로운 것에 도전하는 것은 자극적이고 즐거운 경험이다."

다나카 씨도 자신의 전공과는 무관한 화학에 대한 호기심이 노벨 화학상을 타게 하였다. 자신의 평범한 삶에서 상식을 벗어 던져버리고 도전을 하였던 것이다.

인류 역사의 모든 발전은 호기심에서 시작되었다고 해도 과언이 아니다. 발명왕 에디슨은 사물에 대한 호기심으로 출발하여 아주 기발한 아이디어로 인류의 역사를 발전시켰다. 만약 그가 없었다면 우리는 현재 음악을 들을 수도 없고, 밤에 공부를 할 수도 없고, 일을 할 수도 없었을 것이다. 에디슨은

▲ 다나카 고이치

어렸을 적에 공부도 못하는 말썽 꾸러기였다. 그래서 학교에서 쫓겨 나기도 하였다. 그는 호기심이 너무 많아서 공부는 뒷전으로 미루고 닭의 알을 품는 등의 괴기한 행동으로 정상적인 학교 생활을 할 수가 없었다. 누가 봐도 에디슨은 문제아였다. 그 '문제아'가 지금의 인류 역사에 지대한 공헌을 한 것이다.

사람은 누구나 호기심으로 인하여 지금의 내가 된 것이다. 우리는 어렸을 때부터 주변에 있는 모든 사람이나 사물에 대해 호기심을 가지고 있다. 갓 태어난 어린 아이는 사물에 대한 호기심으로 인해 손을 뻗쳐 물건을 잡아 보게 하는 도전을 부여한다. 6~7개월이 되면 오뚝이 같은 장난감을 손으로 치면서 팔을 움직이면 물체가 따라서 움직이는 것을 신기하게 여기고 같은 행동을 반복하면서 논다. 2세쯤 되면 또래들과 놀 기회가 많아져 남자나 여자의 외모나 목소리에도 흥미를 가지는 등 호기심의 범위도 넓어진다. 3세 무렵이 되면 사물에 대하여 궁금한 것을 자주 물어 보게 된다. 그러다 어느 정도 성장하게 되면 호기심이 사라진다. 호기심의 충족이 많을수록 호기심은 더욱 커진다. 호기심을 해결하지 못하는 순간 호기심은 사라지기 쉽다. 호기심이 사라지는 순간 주변에 대한 모든 것에 대하여 큰 관심이 없어지게 된다.

일본의 소니(Sony)는 세계적인 게임기 회사로 회사에서 필요한 핵심인재의 조건으로 호기심, 마무리에 대한 집착, 사고의 유연성, 낙관론을 가진 사람을 꼽았다. 호기심이 없는 사람은 죽은 사람과 마찬가지며. 사고의 유연성이 없는 사람은 혼자 사는 사람이며, 낙관이 없다면 그에게는 실패만이 기다리는 사람이기 때문이란다.

성공하는 삶을 위해서 우리는 항상 '호기심'의 안테나를 세워 놓아야 한다. 호기심은 세상에 대한 관심, 자신의 일에 대한 적극성의 다른 표현이기도 하다. 어떤 일에든 소극적인 태도와 정반대 되는 자세이다. 이런 호기심을 잃지 않는 사람에게는 아무리 어려운 상황 속에서도 성공이 열리기 마련이다.

4. 도전의 원동력은 열정이다

열정은 도전의 원동력이다. 성공에 이르는 과정에서 도사리고 있는 수많은 난관과 시련이 있다. 그래서 많은 사람들로 하여금 수많은 난관과 시련을 이겨내지 못하고 포기하게 만드는 원인이 된다. 따라서 실패와 좌절 속에서 자신의 원래의 꿈을 목표에 도달할 때까지 도전할 수 있는 힘, 그 힘은 바로 열정에서 온다. 열정은 불타오르는 듯한 세찬 감정을 말한다.

주변을 돌아보면 거의 실현 불가능한 것처럼 보이는 목표의 실현을 위해 무모하리만치 저돌적으로 돌진하는 사람이 있는가 하면 별로 대단하지도 않은 난관 앞에서 주저앉아 무기력하게 하루하루를 보내는 사람도 있다.

왜 이런 차이가 생기는 것일까? 달리 말하면 열정의 크기나 강도가 왜 사람마다 다른 것인가? 이 문제에 대한 해답을 얻기 위해서는 열정이라는 것이 도대체 무엇에 기인하여 생기는 것인가를 살펴볼 필요가 있다.

열정은 다양한 계기를 통해 생겨난다. 우선 첫 번째로 생각할 수 있는 것은 사명감이다. 인류를 구원하기 위해 십자가에 못박힌 예수, 평생을 헐벗고 가난한 사람을 위해 헌신했던 테레사 수녀, 그리고 혁명가로 살다 39세의 젊은 나이에 이국 땅 남미 볼리비아에서 죽음을 맞이한 체 게바라 같은 사람들이 그 좋은 예가 될 것이다. 우리 주변에도 전 세계의 오지를 다니며 어려운 사람들에게 희망을 주고 있는 월드비전의 한비야 씨 같은 많은 훌륭한 분들이 있다.

그렇다고 사명감이 종교인이나 혁명가만의 전유물은 아니다. 1914년 영국군의 의무단에 자원했던 세균학자 플레밍은 수많은 부상병들이 박테리아로 득실거리는 심한 상처를 고통스럽게 참고 있는 것을 보고 상처없이 세균을 제거하는 항생제를 찾아내기로 자신의 사명을 정했으며, 그 결과 강력한 항생제인 페니실린을 발견하였다. 또 퍼스컴 개발에 도전한 PARC연구소의 연구원들은 그들이 퍼스컴 개발을 통해 세계를 바꿀 것이라는 사명감에 충만해 있었다.

이들은 자신에게 부여되었다고 생각하는 사명의 완수를 위해 때로는 보통 사람들이 희구해 마지 않는 안락과 부귀까지 희생해가면서 불타는 열정으로 삶을 꾸려나간다. 아니 그들에게는 희생이라는 생각조차 별로 없다. 희생이란 누군가를 위해 자신의 삶의 일부를 포기하는 것이지만 그들은 달성하고자 하는 사명의 실현을 위해 일하는 그 자체가 자신의 삶을 보다 충실하게 하는 것이라고 생각하기 때문이다. 개인을 구원하고 사회를 바꾸고 새 시대를 열어간다는 사명감이 그들로 하여금 고난이나 역경에도 굴하지 않고 목표실현을 위해 나아가는 열정을 불러일으키는 것이다.

열정의 두 번째 원천은 호기심이다. 또 어릴 적부터 호기심이 많았던 에디슨은 직접 병아리를 낳으려고 알을 품기도 했고, 기차 간에서 실험을 하다 화재를 일으키기도 했지만 결국 세계에서 가장 많은 발명특허를 내면서 20세기 인류의 생활을 편리하게 만드는 데 가장 크게 기여한 인물로 기억되게 되었다.

이 문제에 관해서 물론 정답은 없다. 모든 개개인이 각각 독자의 인생관과 가치관을 갖고 있고 처해 있는 경제적, 사회적 위치도 크게 다르기 때문이다. 그러나 한 번밖에 없는 인생을 보다 효율적으로 살아가기 위해서는 열정에 대해서도 단계별로 선택과 집중의 묘를 발휘하는 전략이 필요하다고 생각된다.

먼저 열정의 원천을 집중시키는 전략이 필요하다. 호기심이 가는 것이 이익도 되고 사명감도 느낄 수 있는 일이라면 더없이 좋을 것이다. 그러나 세상만사 그렇게 좋은 일만 있을 수는 없다. 또 자신의 능력이 충분하다면 이익이 되는 일도 하고 호기심이 가는 일도 하고 사명감을 느낄 수 있는 일도 할 수 있겠지만 아쉽게도 대부분의 사람들은 그럴만한 능력을 가지고 있지 못하다. 그렇다면 답은 뻔하다. 열정을 쏟을 대상을 어느 하나로 집중하는 것이 좋다.

5. 도전에는 불가능이 없다

독서로 불가능을 가능하게 한 나폴레옹은 우리가 어느 날 마주칠 재난은 우리가 소홀히 보낸 어느 시간에 대한 보복이라고 하였다.

도전하는 사람들은 남들이 하지 않은 일을 할수록 가치가 높다. 그래서 도전자가 된다는 것을 불가능한 일이라고 생각할 수 있어 도전 자체를 포기하는 수가 있다. 사람들은 남들이 이미 이루어 놓은 일이나 자신이 해본 경험이 있는 일이라면 가능한 일이라고 생각하지만 그렇지 않으면 불가능한 일이라고 마음의 결정을 하고 시도하지 않는 경우가 많기 때문이다.

세상에 불가능한 일이 있다면 그것 자체로 인생은 절망적이다. 특히 도전이라는 단어가 없어질 것이다. 인류 역사는 불가능이라는 말을 믿지 않는 사람들에 의해 불가능이란 단어가 가능이라는 단어로 변화되었고 사회는 발전되어 왔다. 지금 우리가 살고 있는 사회는 불가능하다는 사실을 인정하지 않는 사람들에 의해, 일반인들의 상식 속에서는 도저히 건널 수 없는 불가능의 강을 건너고, 도저히 이룰 수 없다는 불가능의 산에 도전했던 사람들에 의해 창조된 것이다. 지금 이 시간도 세계의 곳곳에서 도전하는 사람들로 인하여 지금 우리가 생각하는 가능과 불가능의 판단 기준도 상향 조정되고 있기 때문이다.

요즘 화제가 되고 있는 불가능에 대한 아디다스의 광고 문구를 보면 다음과 같은 글이 있다.

불가능, 그것은 아무것도 아니다.
불가능, 그것은 나약한 사람들의 핑계에 불과하다.
불가능, 그것은 사실이 아니라 하나의 의견일 뿐이다.
불가능, 그것은 영원한 것이 아니라, 일시적인 것이다.
불가능, 그것은 도전할 수 있는 가능성을 의미한다.
불가능, 그것은 아무것도 아니다.

결국 불가능이란 도전하는 것이 어렵기 때문에 나약한 사람들이 자신들의 포기를 타당화시키려는 뜻에서 불가능하다는 이야기를 한다는 것이다. 더욱 불가능하다는 것은 다수의 의견이 아니라 하나의 의견이며, 만약 불가능한 것이 있어도 그것은 일시적인 것이지 영원한 것은 아니라는 것이다. 오히려 불가능이 있기 때문에 도전할 수 있는 가능성을 준다는 요지이다.

이미 남들이 할 수 있었던 일을 하는 것은 굳이 첼린저라고 하지 않는다. 첼린저는 남들이 불가능이라고 쓰인 말 앞의 '불' 자를 떼어 버리고 '가능'으로 바꿀 수 있는 능력이 있어야 한다. 남들이 하지 못하는 일에 대하여 도전 정신을 발휘해야 희소가치가 높아질 것이다.

지금까지 경영자들 중에 특히 현존하는 경영자들 중 위대한 혹은 존경받는 사람을 꼽으라면 많은 사람들이 잭 웰치를 꼽는다. 몸집만 크고 둔한 GE를 세계 최고의 기업으로 만든 그의 경영능력을 보았을 때 그는 충분히 인정받고 존경받을 자격이 있다. 그의 경영 감각이나 창의성과 사람 관리, 동기 부여 등등 여성 리더로서 갖추어야 할 자질들을 보았을 때 부족한 점이 없다.

무엇보다도 뛰어난 경영능력도 있겠지만 그는 도덕적인 CEO였으며, 중성자탄이라는 별명이 있다. 중성자탄은 대량으로 인명을 학살할 수 있는 것으로 그는 워크아웃을 통해서 대대적인 구조조정에 들어갔고 GE의 모든 사업을 승자와 패자로 구분, 승자의 사업부분은 집중 투자 육성했고, 패자의 사업부분은 매각, 합병, 폐쇄 등의 길을 걷게 했다. 그 과정에서 232개의 생산라인이 멈추고 73개의 공장이 폐쇄되어 전체 40만 명 중 18만 명이 직장을 잃게 되었다고 한다. 이런 과정에서 그에게 생긴 별명이다.

남들은 불가능할 것으로 생각했던 GE의 잭 웰치는 성공을 가능으로 바꾼 것이다. 결과적으로는 GE를 세계 최고의 기업으로 만들었기 때문에 그가 존경받는 CEO가 되었다고 생각한다.

6. 성공은 도전에 비례한다

옛날에 게으른 아들을 둔 부모가 있었다. 부모는 아들이 너무 게을러 일은 전혀 하지 않고 빈둥빈둥 노는 것이 마음에 아팠다. 아들은 부모가 해주는 밥을 먹으며 유산을 받아 편하게 쓰겠다는 생각으로 전혀 일을 하지 않았다. 그러나 부모는 자식의 삶의 모습이 너무 안타까웠기에 농사짓는 방법 좀 배우라고 계속 자식을 타일렀지만 전혀 아들은 움직이지 않았다. 편한 생활에 안주해 있었기 때문에 무언가를 한다는 것은 그에게 귀찮은 것이었다. 결국 아버지는 눈을 감으면서 아들에게 "물려줄 유산은 전부 보물로 바꾸어 집 뒤의 야산에 묻어 놓았으니 찾아 써라"는 유언을 남기고 눈을 감았다.

아들은 당황했다. 모든 유산들이 고스란히 남겨져 편한 생활을 구가할 수 있을 것이라고 생각한 것이었다. 당장 내일부터 먹고 살기 위해서는 보물을 찾아야 한다는 강박관념에 다음날 새벽부터 삽을 들고 야산을 파헤치기 시작하였다. 며칠씩 야산을 파헤쳤지만 보물은 나오지 않았다. 아들은 멈출 수가 없었다. 식량이 떨어진 것이다. 아들이 마침내 온 야산을 다 파헤쳤을 때 항아리 하나를 발견하였다. 항아리 안에는 보물 대신 아버지가 남긴 글이 있었다. 글에는 "지금 네가 보물을 찾기 위해 파헤친 야산은 이제 밭이 되었을 것이다. 씨를 뿌려 곡식을 거두어라"라고 써 있었다. 아들은 충격에 빠졌고 아버지를 원망도 하였다. 아들은 선택의 여지가 없었다. 아버지의 말대로 씨를 뿌렸다. 결국 아들은 풍년을 맞아 몇 년 동안 먹고 살 수 있는 재산을 모았다. 그 때 아들은 깨달았다. 아버지가 남긴 것은 야산이 아니라 도전하라는 교훈을 남겼다는 것을 알게 되었다. 아들은 그 후부터 열심히 일하여 부자가 되었다고 한다.

이 일화가 주는 교훈은 많지만 믿음이 허황된 것일지라도, 끊임없이 성공을 기원하며 도전한다면 성공은 실현된다는 것과 성공은 결국 현실의 안주보다는 도전을 해야 이루어진다는 것을 알 수 있게 해준다.

현재의 생활에 안주하고 싶어 하는 사람일수록 변화를 싫어한다. 바로 성공은 변화를 의미한다. 따라서 성공 자체를 부담스럽게 생각하기도 하고 도전은 아예 생각하고 싶지 않은 단어로 인식할 수 있다. 그러나 변화를 기원하는 사람에게 도전은 바로 성공으로 연결해주는 지름길이다.

일반적으로 평범한 사람들은 해보지 않은 일에 대하여 두려움을 가지고 있기 때문에 목표를 세우는 것도 어려워하고, 목표를 세워도 쉽게 포기하는 경향이 많다. 그러나 포기하지 말고 모든 것에 도전하면서 자신이 가지고 있는 잠재능력이 어느 정도인지를 평가해 나가야만 한다. 그러다 보면 지금까지는 발견하지 못했던 잠재능력을 발견하게 될 것이고, 발견된 잠재능력을 개발하고 활용한다면 자아실현의 기쁨을 맛보게 된다. 이러한 자아실현의 기쁨은 지금보다 몇 배 나은 생활을 보장해 준다. 주변을 보아도 성공한 사람들은 남들보다 자신에 대한 강한 신뢰감을 바탕으로 강인한 도전정신을 가지고 도전하였기 때문이다.

그러나 변화하는 것에 대한 두려움으로 도전을 하지 않는다면 인생에서 최고의 욕구 단계인 자아실현의 기쁨을 맛보지 못하고 인생을 마감하는 것과 같다고 할 수 있다. 결국 잠재능력을 발견할 기회를 갖지 못한다면 아무리 좋은 잠재능력을 가지고 있었을지라도 모른 채 인생을 마감하게 될 것이다. 도전을 해보라. 포기하지 않는다면 그 꿈은 반드시 이루어지고 말 것이다.

7. 도전은 고독하다

도전하는 사람들은 고독하다. 남들이 이미 간 길을 따라가는 것도 힘들지만 남들이 가지 않은 길을 가는 도전자들은 더욱더 고독하다. 그런 뜻에서 도전자는 선구자라고 할 수 있다. 선구자(先驅者)는 다른 사람에 앞서서 어떤 일의 중요성을 인식하여 그 일을 실행한 사람을 말한다.

선구자에 대한 세상의 시선은 그리 곱지 않다. 세상은 그들을 이해해주려고 하지도 않는다. 가만히 놓아두기만 해도 좋으련만 세상은 다리를 붙잡거나 핀잔을 주고 도전의 의지를 꺾어 놓는 경우가 많다.

월드컵에서 4강의 기적을 일구어낸 거스 히딩크(Guus Hiddink)는 국민적 영웅이 되었다. 허나 그의 영입부터 막대한 스카웃 비용에 대한 말이 많아 반대하는 사람이 많았다. 처음 국내에 상륙해서도 그의 독특한 용병술과 특이한 훈련 방법에 대하여 수많은 사람들과 언론들이 하나같이 질타를 하였다. 선진 유럽 축구를 우리나라에 적용하는 것은 잘못되었다는 시각에서부터, 그의 의식 자체가 우리나라의 문화에 맞지 않다는 것이었다. 급한 사람들은 징계론을 들고나왔고 심지어 쫓아내자고까지 하였다. 그러나 거스 히딩크는 들은 체도 하지 않고 꿋꿋이 자기의 길을 간 것이다. 그래서 4강의 신화를 만들어 내었다. 4강 신화가 이루어진 날 세계는 열광하였고 국내의 언론과 국민들은 거스 히딩크에 대하여 열광하였다.

거스 히딩크의 4강에 대한 성공요인은 매우 많다. 그의 전략은 몇 명의 베스트 멤버 위주로 구성된 한국 축구의 문제점을 극복하고 "베스트 멤버는 통상적인 선수 개인의 능력이 아니라 상대방에 대한 전략에 따라 구성한다."는 말로 그의 전략을 대변하였다. 그의 성공 요인 중의 하나는 한국적 특색을 배격한 것이 아니라, 한국 선수들이 가진 내면의 힘이 발현될 수 있도록 이끌었다는 점이다.

정확히 밝혀지지는 않았지만 거스 히딩크의 고뇌와 좌절은 대단하였을 것이다. 그의 고향 네덜란드에서는 국민적인 영웅이 동방의 조그만 나라에서 갖은 수모를 당하였기에 일반인이 겪는 고통과 고독은 더욱 컸을 것이다. 그러나 그가 지금의 명장이 된 이유는 어떠한 상황이 오더라도 자신이 가진 생각을 꿋꿋이 밀고 나갔다는 점이다. 모든 일에 자신의 신념을 가지고 임하므로 인하여, 그것이 세계적인 명장으로 자리매김할 수 있게 한 원동력이 되었다고 할 수 있다.

중국의 저명한 작가 중 「아큐정전」으로 유명한 노신의 글 중에서 이런 말이 있다. "희망이란 본래 있다고도 할 수 없고 없다고도 할 수 없다. 그것은 마치 땅 위의 길과 같은 것이다. 본래 땅 위에는 길이 없었다. 걸어가는 사람이 많아지면 그것이 곧 길이 되는 것이다.”

그렇다. 희망은 처음부터 있었던 것이 아니다. 선구자가 길을 열고 만들어 갔기 때문에 길이 되었으며 길을 가는 사람들에게 희망이 된 것이다. 따라서 희망은 희망을 갖고자 하는 사람에게만 존재한다. 희망이 있다고 믿는 사람에게는 희망이 있고, 희망 같은 것은 없다고 생각하는 사람에게는 실제로도 희망은 존재하지 않는 것이다.

8. 최고가 아니면 최초에 도전하라

'최고'와 '최초'는 모두 유난히 빛나 보인다. 어느 분야나 최고를 향해 달려가는 사람들은 상당수가 존재한다. 따라서 그 분야에서 최고가 되기 위해서는 남들보다 빨리 다다르기 위하여 최선의 경쟁을 하기 마련인 것이다. '최고'가 되기 위해선 타고난 재능도 중요하지만 그와 함께 최고가 되고자 하는 피나는 노력도 필수적이다.

최정상에 오르기까지는 수많은 고통이 따르겠지만 그러한 고통과 시련은 최정상에 올랐을 때의 영광이 보답을 해준다. 최고가 되기 위한 과정이 고난의 길이라 할지라도 최고가 주는 달콤함과 안락함에 비한다면 별게 아닐 수 있다.

'최초'는 말 그대로 이전까지 아무도 하지 못한 그 무엇을 이룬 '퍼스트'인 셈이다. 그러나 '최초'는 엄청난 노력도 중요하지만 무엇보다 운이 따라야 한다. 1등과 2등은 등급 상으론 바로 밑의 레벨이지만 2등은 최고가 아니라는 이유로 1등의 그림자에 가려서 보이지 않게 마련이다. 역사 속에는 이런 일들이 비일비재하다.

1876년 2월 14일 벨은 조수인 워슨과 함께 사람 목소리를 전할 수 있는 기계를 발명하는 데 성공한다. 그러나 벨과 거의 비슷한 시기에 전화기를 발명한 또 다른 천재 과학자가 있다. 이제는 누구도 그 이름조차 기억하지 못하는 엘리셔 그레이가 있다. 그도 1876년 2월 14일 오후, 자신이 개발한 전화기를 등록하기 위해 특허국을 방문했다. 그레이엄 벨이 전화 특허를 신청한 것도 바로 그날 오전이다. 불과 1~2시간 차이였다. 하지만 그레이는 전

▲ 엘리셔 그레이

화의 실용적 가능성에 대해서 그리 심각하게 생각하지 않았고, 발명 특허권 보호 신청을 낸 뒤 한가하게도 자신의 재정적인 후원자와 곧 있을 박람회 문제를 협의하기 위해 필라델피아로 떠났다. 그레이는 벨이 사용한 가죽막보다 더욱 효율적이었던 금속 진동막을 이용해서 음성을 전달했기 때문에 기능면에서는 그레이의 특허품이 벨의 특허품에 비해서 우수했다. 그러나 불과 몇 시간 차이로 그레이가 아닌 벨이 전화기 특허를 받게 된 것이다. 그러면서 엘리셔 그레이는 벨보다 더 많은 노력과 시간을 들여 더 좋은 제품을 발명했지만 결국 시간 싸움에서 졌기 때문에 최고가 되지 못했으며 역사 속에서 누구도 그를 알아주는 사람이 없게 된 것이다.

최초의 인공위성 스푸트니크 발사로 세계에서 최강국이라고 자부했던 미국의 자존심이 바닥에 떨어졌던 역사적 사건이 있었다.

1957년 10월 4일 구소련은 대기에 관한 여러 자료를 기록하고

전송할 수 있는 장치를 실은 직경 57cm, 무게 82.8kg의 금속구, 즉 최초의 인공위성 스푸트니크 1호를 지구 궤도에 쏘아 올렸다. 스푸트니크 발사 이후 냉전 시대의 주도권을 잡기 위한 경쟁의 일환으로 미국과 구소련은 2000개에 가까운 우주 비행체를 지구 궤도에 진입시켰고, 급기야 1969년 미국은 인간을 최초로 달에 보내는 데 성공했다. 최초의 자리를 차지하기 위한 우주 경쟁을 치열하게 벌인 것이었다.

문제는 스푸트니크의 영향은 단순히 우주 경쟁을 촉발했다는 데 거치지 않았다. 미국인들은 자신들의 교육제도가 혁신될 필요가 있다는 것을 느꼈으며, 강력한 로켓을 개발할 필요가 있음을 절감하게 되었다. 즉 우주 경쟁과 군비경쟁은 본질적으로 동일한 것이었다. 왜냐하면 인공위성을 쏘아 올리는 데 사용한 로켓은 대부분 대륙간 탄도 미사일(ICBM)을 변조한 것이었기 때문이다.

엑스레이를 발견한 뢴트겐을 위시한 최초의 발명 · 발견자들은 자신이 전혀 의도하지 않은 한순간에 '최초'의 인물이 되었다.

Part 008

제8장

여성 리더로 성공하기 위한 경력 관리

커리어(career)란 경력이라고도 하며 일생 동안 쌓아온 학업, 직업, 지위, 이력 따위의 내용을 말한다. 커리어 개발은 개인이 설정한 성공을 이루거나 새로운 직종이나 직업에 진입하기 위하여 자신의 직업 능력을 높이거나 해당 분야의 경력을 쌓아가는 것을 말한다. 따라서 커리어 개발은 성공에 가깝게 다가가는 역할을 해준다.

1. 성공은 경력 관리와 비례한다

성공에 대한 정의가 변하고 있다. 어떤 사람은 성공을 부의 축적이라고 생각한다. 또 어떤 사람은 직장의 지위 혹은 사회적 신분 등으로 성공을 평가하는가 하면, 친분을 맺고 있는 사람들의 수준을 성공의 척도로 삼는 사람도 있다. 이 밖에 일과 삶의 균형을 얼마나 잘 유지하는가로 성공을 평가하거나, 자신이 좋아하는 일을 마음껏 할 수 있는 자유로 성공을 평가하는 사람도 있다. 하여간 이처럼 다양한 성공의 정의에 이르는 방법은 무엇일까?

그것은 바로 성공적인 커리어를 갖는 것이다. 결국 성공적인 커리어를 갖는다는 것은 성공적인 삶으로 향하는 가장 확실한 방법이라 할 수 있다.

지금까지 우리나라에서는 한번 취업한 직장이 평생 직장이었기 때문에 회사가 연공서열에 의해서 승진관리를 함으로 인하여 대부분의 조직 구성원들이 자기의 커리어 개발이나 관리에 대해서 무관심했었다고 할 수 있다. 그러나 최근 각 기업마다 능력급이나 연봉제 들이 도입되고 있으며, 조기 퇴직 등 환경의 변화가 급격하게 일어나고 있어 자기의 경력을 어떻게 쌓아 나아가느냐 하는 일이 자신의 생존문제와 직결되고 있다.

커리어 개발은 개인이 설정한 성공을 이루거나 새로운 직종이나 직업에 진입하기 위하여 자신의 직업능력을 높이거나 해당 분야의 경력을 쌓아가는 것을 말한다. 커리어 관리란 개인의 성 공목표를 설정하고 이를 달성하기 위한 커리어 계획을 수립하여 조직의 욕구와 개인의 욕구가 합치될 수 있도록 자신의 경력을 관리하는 활동을 말한다.

커리어 개발과 관리의 목적은 개인에게 원하는 직업과 승진 가 능성과 자기발전의 가능성을 제시하여 성취동기 유발을 목적으 로 한다. 물론 커리어 개발이나 관리에 관심을 갖는다는 것이 바 로 승진이나 성공을 가져오는 것은 아니지만, 성공적인 삶을 살 고 있는 사람들은 대부분 자기의 커리어 개발이나 관리에 대해 서 많은 관심을 가졌던 사람들이다.

더욱 평균수명의 연장에 따라 평생직장보다 평생직업의 중요 성이 강조되고 있는 시점에서 예측하기 어려운 미래의 생존 전 략은 바로 커리어 개발과 관리가 필수적이 되고 있다. 이에 따라 개인적으로도 자신의 커리어 개발과 관심이 점차 증가하고 있 다. 기업에서도 인재의 고용에 유연하고 능동적인 대처가 필요 하게 되었다. 이에 기업에서도 인적자원관리에 있어 기존의 학 벌이나 인맥보다는 능력주의 인사관리가 요구되고 있으며 또한 전문적인 지식이나 능력을 갖춘 커리어 개발을 더욱 중요시 하 고 있다.

따라서 자신의 성공을 달성하기 위해서는 개인이나 기업에서 도 커리어 개발과 관리에 관심을 가지고 확대시켜 가고 있다. 커리어를 개발하는 방법은 자신의 목표나 인생의 목적이 무엇인지를 상기하고, 자신이 소유하고 있는 자원들을 적절하게 배치하고 관리해 나감으로써 관리자의 역할을 충실히 이행해야 하는 것이다.

인적 자원 관리에 어느 정도 전문성을 가지고 있는 기업에서는 자체적인 커리어 개발 프로그램을 통하여 직원들의 커리어 개발과 관리를 해주고 있다. 그러나 사회 경험이 부족한 개인들에게 있어서는 커리어를 개발하고 관리하는 일이 쉽지 않다. 이러한 필요성에 의하여 요즘 부각되고 있는 직업이 커리어 코치다. 커리어 코치는 사람의 경력을 개발하고 관리해주는 일을 하는데 이러한 과정을 커리어 코칭이라고 한다. 커리어 코치는 한 개인의 진로를 좌우하는 매우 중요하고 의미있는 직업이라 할 수 있다. 이 때문에 커리어 코치가 되려는 사람들도 적지 않다. 앞으로 시장이 계속 커질 수 있는 미개척 분야이기도 하다. 현업에 대한 경험과 지식을 갖추고 있고 헤드헌팅 등 인적자원 분야의 노하우를 쌓는다면 미래의 전문가로 성장해 나갈 수 있는 유망한 직업인 셈이다.

오늘날처럼 고용불안이 증가하고 앞날이 불투명해져가는 현대를 살아가려면 전문가들의 도움을 통해서 직업 및 진로 선택을 받아야 하기 때문에 점차 커리어 코치의 역할이 커지고 있다.

2. 여성 리더의 키워드 멀티 플레이어형 인간

최근 학생들 사이에서 유행하는 경향 중 하나는 '다방면에 소질 있음'이라고 한다. 예전에는 공부를 잘하는 학생들은 공부만 잘하지 운동, 게임, 노는 것, 게다가 외모 가꾸는 것에 관심이 없었다. 그러다 보니 외골수처럼 한 가지만 잘하는 경우가 많았다. 그래서 오히려 운동, 게임, 노는 것, 게다가 외모 가꾸는 것에 관심이 많으면 공부를 못하는 학생들의 전유물처럼 생각했던 적이 있다.

그러나 이제 시대가 바뀌어서 요즘의 젊은 세대들은 공부를 잘하는 학생들이 운동도, 게임도, 놀기도, 게다가 외모 가꾸기도 잘 해야 비로소 친구들의 관심과 인기를 얻을 수 있게 되었다. 옛 어른들이 말씀하시던 '한 우물형 인간'에서 벗어나 '멀티 플레이어형 인간'이 젊은 세대들의 인기를 얻고 있다는 것이다.

이처럼 젊은 세대들 중에 멀티 플레이어형 인간이 인기를 얻는 이유는 젊은 사람들은 기성 세대에 비해서 변화와 속도에 빠르게 적응하며 두려워하지 않기 때문이다. 기성세대의 특징 중에 하나가 변화에 대응하는 속도가 느리고 새로운 변화에 대해서 일단 부정적인 견해를 표출한다. 그러나 멀티 플레이어형 인간인 젊은 세대는 기성세대에 비해서 변화를 추구하고 끊임없이 발전하는 사회의 속도에 발을 맞추어 나가려는 노력을 하고 있다.

젊은 세대를 지칭하는 단어는 세월의 흐름만큼 **빠르게** 변화하고 있으며 멀티 플래이어형 인간을 지향한다는 것을 알 수 있다. 지난 90년대 초 기존의 질서를 거부하며 등장했던 'X세대'는 미국의 작가 더글러스 쿠플랜드(Douglas Coupland)의 장편소설에서 나왔으며, X세대의 개념은 반항적이고, 제멋대로이고, 주위의 눈치를 안보는 개성파들이고, 뭔가 튀는 세대라는 뜻으로 널리 알려져 있다.

최근 인터넷 세대를 일컫는 'N세대'가 등장하였다. N세대란 '네트 제너래이션(Net Generation)'을 뜻하는 말로 미국의 사회학자 돈 탭스톳이 「N세대의 무서운 아이들」이란 책에서 처음 사용되었다. 흔히 77년 이후 태어난 세대로 인지능력이 생길 때부터 컴퓨터와 친숙한 젊은층을 가리킨다. 이전의 세대가 TV를 통해 일방적인 지식이나 정보를 전달받는 세대였다면, N세대는 쌍방향 통신으로 논쟁을 벌이는 등 적극적으로 자기 의견을 말하는 능동적인 특징을 지녔다고 말할 수 있다.

Y세대는 2차 대전 후 베이비붐 세대가 낳은 2세들을 일컫는 말로 No라고 말하는 X세대 대신 전 세계적으로 등장한 신세대로 Yes란 말을 즐겨 하기 때문에 Y세대라 한다. Y세대는 명령과 통제라는 전통적인 방식의 관리에 잘 적응하지 못한다. 도전을 두려워하지 않아 개인 사업으로 독립하려는 경향이 강하다.

이어 'P세대'라는 신조어가등장해 눈길을 끌고 있다. P세대는 '참여'(Participation), '열정'(Passion), '사회 패러다임의 변화 주도'(Paradigm-shifter)에 적극적인 세대로, 지난해 월드컵과 광화문 촛불 시위, 대통령 선거 과정에서 앞장섰던 우리 사회의 젊은 층을 지칭하고 있다. 그러나 P세대는 집단보다 개인의 이익을 중시하고 미래보다는 현재의 행복을 중시하면서 문제 발생의 원인을 남에게서 찾는 등 일부 부정적인 모습도 보이고 있다. P세대는 과거 386세대의 사회 의식과 X세대의 소비 문화 N세대의 생활 방식 등이 모두 융합된 특성을 지니고 있다. 즉 P세대는 바로 다양한 인간의 결합인 멀티 플레이어형 인간을 지향하고 있다는 것이다.

3. 여성 리더가 되기 위해서는 공부해야 한다

샐러던트(Saladent)는 '공부하는 직장인'을 의미하는 신조어(新造語)이다. 영어로 '봉급생활자'를 뜻하는 '샐러리맨(Salaryman)'과 '학생'을 뜻하는 '스튜던트(Student)'가 합쳐져서 만들어진 신조어다. 직장에 몸담고 있으면서 새로운 분야를 공부하거나 현재 자신이 종사하고 있는 분야에 대한 전문성을 더욱 높이기 위하여 지속적으로 공부하는 사람들을 가리킨다.

오늘날 한번 입사하면 평생 다닐 수 있는 평생직장 개념은 급속히 사라지고 있다. 취업문도 자꾸 줄어들고 있으며, 신입사원보다는 경력직 사원을 우대하는 풍조도 샐러던트의 출현을 요구하고 있다. 더욱 수명의 대폭적인 연장은 고령화 사회로 급속하게 진입하게 됨에 따라 평생직장의 개념보다는 평생직업의 시대로 돌입했다고 해도 과언이 아니다.

평생직업의 시대에 사는 현대인들은 한 직장에 취직함과 동시에 새로운 직업을 갖기 위한 공부를 시작해야 한다. 실제로 직장인들을 대상으로 실시한 최근 한 설문조사에서 '첫 직장에서 근무하기를 원하는 기간'이 2년 3개월에 불과한 것으로 조사되었다. 또한 채용 전문 업체인 잡코리아가 최근 직장인 763명을 대상으로 실시한 설문조사에 따르면 응답자의 35.8퍼센트가 현재 각종 자격증이나 공무원 시험공부에 매달리고 있었다. 끊임없이 공부해야 살아남는 현대 직장인의 신세를 그대로 드러낸 것이라 할 수 있다. 마치 이 용어의 개념은 공식적인 학교를 졸업하고 회사에 들어와서도 지속적인 자기 계발이라는 점에서 기존의 평생교육과 비슷하다고 할 수도 있다.

그러나 차이는 평생교육은 자기의 삶을 윤택하게 하는 자기 주도적인 학습의 성격이 짙은 데 비하여 샐러던트는 직장인들의 고용불안에 따른 생존 전략 차원의 자기계발의 성격이 짙다는 차이점이 있다. 곧, 샐러던트로서 직장인의 자기계발이라는 긍정적인 의미의 이면에는 이른바 '평생직장'의 개념이 사라진 한국 사회의 새로운 풍속도가 반영되어 어쩔 수 없이 살아남기 위하여 선택할 수 밖에 없는 사회적인 풍속이 반영되어 있는 것이다.

외환위기를 겪으면서 한국의 직장인들은 고용불안이 더욱 심화되고 있다. 외환위기 때만 해도 오륙도(56세까지 직장생활하면 도둑), 사오정(45세 정년)라는 말에 사회적으로 충격이 컸지만, 요즘에는 더욱 하향하여 30대에 명예퇴직을 강요당하는 것을 풍자하는 이른바 38선이란 말이 유행할 정도로 평생직장의 개념이 급속히 사라지면서 많은 샐러리맨들은 감원이나 직업의 불안에 의하여 심한 스트레스를 받고 있는 사람들이 늘어가고 있다.

결국 샐러던트라는 용어는 치열한 경쟁사회에서 도태되지 않으려고 애써야 하는 직장인의 처지를 반영하는 것이다. 샐러던트로서 직장에서 살아남기 위해서는 기존의 업무에 대한 전문성 확보는 물론이고 어학이나 자격증 취득과 다른 분야의 전문지식을 쌓도록 사회에서 요구하고 있다. 한마디로 커리어 개발을 하지 않으면 살벌한 세상을 살아갈 수 없다는 것이다. 따라서 생존전략으로서 우리는 커리어 개발을 위한 샐러던트가 되어야 하는 시점에 놓여 있는 것이다. 한 가지 직업을 가지고 있으면서도 어학이나 자격증 취득은 물론 다른 분야의 전문지식을 자기 것으로 만들지 못하면 더 이상 생존경쟁에서 탈락할 수밖에 없다는 살벌한 현실을 앞두고 있다. 그러나 이러한 전망은 일시적인 현상이 아니라 앞으로 더욱 치열해져 결국은 평생직장보다는 평생직업을 찾기 위해서 평생 공부해야만 하는 사회가 온다는 것을 암시하는 것이다.

4. 여성 리더를 위한 경력 관리

서점가를 강타한 책이 있었다. 바로 「블루오션 전략(Blue Ocean Strategy)」이란 책이다. 경제 경영서적이면서도 수많은 사람들이 이 책을 읽었다. 블루오션 전략은 프랑스 인시아드(Insead) 경영대학원(MBA)의 김위찬 교수와 르네 마조안 교수가 주창한 것으로, 2005년 4월 한국에 저서가 발간된 이후 급속한 파급력을 보이며, 한국의 경제계는 물론이고 정부나 정치권에까지 관심을 받고 있는 경영전략 이론이다.

블루오션이란, 지금까지 존재하지 않았던 산업, 미개척 시장 공간과 같은 경쟁사와 생존경쟁이 없는 새로운 시장을 말한다. 이와 대립되는 레드오션은, 현존하는 산업, 세상에 알려진 시장과 같은 경쟁사와 생존경쟁이 치열한 시장을 말한다. 결국 성장의 한계에 봉착한 남과 경쟁을 버리고, 경쟁자가 존재하지 않는 새로운 시장인 블루오션의 발굴 창출을 통해 지속적인 성장을 이루자는 것이 주 요지이다.

커리어 개발에도 레드오션과 블루오션은 있다. 여성 리더들에게 레드오션은 남들이 누구나 할 수 있는 지위나 역할을 얻기 위하여 목표를 세워 도전한다면 자신의 목표는 달성할 수 있지만 치열한 생존 경쟁시대에서는 자신의 가치를 희소성 있게 만드는 데는 한계가 있기 때문이다. 또한 이미 블루오션 전략으로 성공한 사람들의 삶을 따라하다 보면 근접하게 성공할 수는 있지만, 아무리 노력해도 '넘버 투'를 벗긴 어려울 뿐더러 다시 블루오션 시장으로 뛰어드는 것과 같다.

여성 리더는 단어에서 주는 의미처럼 남들과 무언가 다른 능력이 있는 사람이라는 뜻으로 볼 수 있기 때문에 원초적으로 블루오션 시장에 맞는 용어라고 할 수 있다. 따라서 여성 리더가 되기를 원하는 사람들은 남들이 하지 못하거나 아직 하지 못한 부분에서 여성 리더가 되어야 희소성의 가치도 높을 뿐더러 경쟁을 하지 않고 쉽게 원하는 고지를 점령할 수 있다는 것이다.

여성 리더를 위한 블루오션 전략을 찾거나 만드는 것은 그리 어렵지 않다. 그렇지만 블루오션 전략을 찾거나 만든다고 해도 쉽게 목표를 달성하기는 용이하지 않다. 여성 리더의 장점은 바로 다양성에서부터 출발하기 때문에 다양한 지식이나 경험을 가지고 있다는 것이다. 다양한 지식이나 경험을 바탕으로 내가 되고자 하는 목표에 대한 트렌드를 추출할 수 있는 안목이 있으며, 트렌드를 바탕으로 블루오션 전략을 발견하거나 만들 수 있다.

결국 여성 리더를 위한 블루오션 전략은 다양한 지식과 경험을 바탕으로 트렌드를 분석하고. 그에 따라 목표를 수립하고, 내가 가지고 있는 장점과 단점을 종합적으로 분석하여 융합하거나 다른 분야의 것을 추가하다 보면 나만의 블루오션 전략이 만들어질 수 있다.

5. 커리어를 높이는데 적성은 중요하지 않다

적성(適性)은 작업에 대한 각 개인의 적응 능력 또는 어떤 사물에 알맞은 성질을 말한다. '알맞은 성질'을 제대로 아는 것이 적성을 아는 것이 되고, 나아가 그 적성을 알아야 그에 따른 올바른 진로를 선택할 수 있을 것입니다. 여기서 말하는 '알맞은 성질'이란 "천부적으로 타고난 성질을 의미한다."고 보는 것이 타당할 것이다. 우리는 학창시절 적성검사라는 것을 통해 자신이 그 학과 공부에 맞는가의 여부나 또는 장래의 직업으로 자신의 적성에 맞는 직업을 찾았다. 그것은 언어, 수리, 외국어 등의 영역 문제를 풀어서 테스트하는 것이다.

이 지구상에 존재하는 모든 생물체는 천부적으로 생존을 위한 독특한 성격과 감각을 타고 났다. 개개인마다 생긴 모양이 다르듯이 천부적인 성격도 다르게 타고 난다는 사실은 매우 중요한 의미가 있다. 이런 천부적인 성격을 무시한 채 선망의 대상이 되는 직업을 갖기 위해 또는 부모들의 뜻에 따라 진로를 선택하는 것은 매우 위험한 일이기도 하다.

그러나 적성 검사에 의존하여 자신의 직업을 찾는 것은 삶이 여유로울 수 있기 때문이다.

서울대 수석합격과 사법시험에 합격하여 유명한 장승수 씨는 일찍 아버지를 여의고 어려운 가정 형편 때문에 대학을 일찌감치 포기하고 술집으로 당구장으로 돌아다니면 싸움꾼 고교 시절을 보냈다. 그리고 고등학교를 졸업한 후에도 그는 포크레인 조수, 오락실, 가스, 물수건 배달, 택시 기사, 공사장 막노동꾼 등 여러 개의 직업을 전전하면서 스무 살 때 찾아온 공부에 대한 열정으로 집안의 생계를 책임지는 가장 노릇과 뒤늦게 대학 문을 두드리는 늦깎이 수험생 노릇을 하였다. 장승수 씨의 삶에 무엇이 적성이었을까? 법조인이 적성일까? 아니면 포크레인 조수, 오락실, 가스, 물수건 배달, 택시 기사, 공사장 막노동꾼 등. 그는 삶의 상황이 나쁘면 어쩔 수 없이 어떤 일이라도 해야 한다는 것이다.

최근 여론조사 기관의 발표에 따르면 미국인들이 한 직장에서 평균적으로 머무는 기간은 3년 정도였다. 정도의 차이는 있겠지만, 우리나라도 요즘 한 직장에서 머무는 기간은 길어야 5년일 것으로 추정된다.

미래학자 피터 드러커가 과거에는 30년 정도 일할 수 있었는데, 지금은 40년 이상 일할 수 있다고 말하는 것을 감안하면 이제 막 직장에 들어가 근무하기 시작한 사람들은 은퇴할 때까지 평균 7~8개 정도의 직장을 거쳐야 한다는 계산이 나온다. 이러한 변화의 시대에는 과거와는 전혀 다른 새로운 방식으로 자신의 커리어를 관리하지 않으면 안 된다. 그러나 무작정 남들이 하는 것처럼 커리어를 개발해서는 안 된다.

더욱 무한경쟁의 시대, 내일 일은 알 수 없다. 구조조정이 일상적으로 일어나고, 감원 대상의 연령도 점차 낮아지고 있다. 자신의 커리어를 스스로 관리하지 않으면 갈 곳이 없게 된다. 이제는 준비된 직장인만이 살아남을 수 있다.

이처럼 사람들은 생존경쟁에서 살아남기 위하여 다들 커리어를 개발하고 있다. 비슷한 경력을 가진 수 많은 사람들 중에서 내가 선택받을 수 있는 비결은 무엇일까? 그것은 다름 아닌 남들과 차별성이 있어야 한다. 남들이 대학을 나오고, 영어 자격증을 가졌고, 어학연수의 경험을 가지고 있다고 해서 나도 똑 같이 그들을 쫓아서 하면 나는 남들과 다를 바가 없다. 어떤 때는 2등 밖에 하지 못할 수도 있다. 그러나 남들과 다르게 중국어 자격증도 추가로 딴다면 남들보다 더 좋은 기회를 가질 수 있을 것이다. 즉 남들과 다른 커리어는 자신이 원하는 목표에 도달하는 데 큰 도움을 준다.

적성을 너무 고려하게 되면 스스로 자기에게 좋은 일만 찾게 되고 그러다 보면 다양한 커리어보다는 한 분야의 전문가로 그칠 확률이 높다고 생각한다. 따라서 자신이 원하는 커리어 개발을 위해서는 적성을 중요하게 생각하지 않고 미래의 내 인생을 이끌 만한 매력이 무엇인가를 생각하고 도전하는 것이 더욱 바람직하다고 생각한다.

그렇다면 자신만의 커리어를 만들기 위해서는 어떻게 해야 할

까? 다음과 같은 과정을 거친다면 자신만의 커리어를 만들 수 있을 것이다.

● 우선은 자신을 정확히 인식하는 것이 중요하다

자신을 정확히 알고 분석하기 위해서는 자신이 현재 처해 있는 상황이나 환경의 변화, 자신이 원하는 인생목표에 대해서 근본적인 진단이 필요하다.

● 자신이 가장 잘 할 수 있는 분야를 선택하라

자신에 대한 근본적인 진단을 바탕으로 자신이 가장 잘 할 수 있는 분야가 무엇인지를 선택하여 그 분야의 전문성과 커리어를 쌓아가는 것이다. 자신이 잘하는 분야를 선택할 때는 미래의 트렌드를 분석하여 유망분야를 선택해야지 경쟁이 치열한 시장을 선택하는 것은 좋지 못하다.

● 자신의 분야에 대한 전문성을 가져라

자신이 선택한 분야에 대한 커리어를 개발할 때는 남들이 다 할 수 있는 일반적인 경력을 쌓을 것이 아니라 남들이 접근하기 어려운 전문성을 가질 수 있도록 심층적으로 커리어를 개발해야 한다.

Part 009

제9장

여성 리더의 시간 관리

시간 관리란 똑같이 주어진 시간을 효율적으로 활용하여 더 많은 시간처럼 사용하는 것을 말한다. 시간은 성공을 단축시켜주는 중요한 역할을 수행함에도 시간의 소중함을 평소에는 인식하지 못함에 따라 시간을 소홀하게 보내는 경우가 많다. 따라서 시간 관리는 평소에 생활습관을 바꾸어 시간의 소중함을 느끼고 효율적으로 활용하게 함으로써 성공의 빠르게 나아가는 역할을 수행해 준다.

1. 우리가 진정으로 시간을 아끼며 살아야 할 이유

하루 24시간, 일 년 열두 달이라는 정해진 시간을 살아야 하는 건 모든 사람들에게 주어진 공통된 운명이다. 그렇기 때문에 주어진 시간을 얼마나 잘 쪼개어 효율적으로 쓰느냐에 따라 시간은 무한정 늘어날 수도 무익하게 흘려 보낼 수도 있다. 이러한 사실은 누구나 알고 있지만, 실천하기 어려운 주제이다.

1967년에 국제 도량형 총회는 세슘 원자가 91억 9천 2백 63만 1천 7백 7십 번 진동하는데 필요한 시간을 1초라고 정의했다. 극히 짧은 한순간 '1초' 라는 시간의 길이는 흔히 생각하는 것처럼 그리 짧지 않은 시간이라는 것이다. 우리가 무심코 지나치기 쉬운 1초가 모여 1분이 되고, 1시간이 되고, 하루가 되고, 1주일이 되고, 1달이 되고, 1년이 되고 평생이 된다.

1초가 우리 인생의 전부를 말한다고 해도 과언이 아니다. 그 1초가 얼마나 소중한가를 우리는 깨달아야 한다.

가끔 외국의 유명한 마술 공연을 보면 공중에 매달린 상자 안에서 마술사가 사슬과 자물쇠에 묶여 베일에 가린 채 자물쇠를 풀고 탈출하지 못하면 상자가 떨어지거나 부서지는 마술이 많다. 정말 조마조마한 모습이지만 마술사들은 항상 어김없이 정해진 시간내에 상자 안에서 사슬과 자물쇠를 풀고 탈출하는 데 성공한다. 만약 그 마술사에게 1초가 부족하여 자물쇠와 사슬을 풀지 못했다면 어떨까 가정해보자. 정말 끔찍한 일이 발생할 것이다. 우리의 삶 속에서도 단 1초가 부족하여 시험장에서 제대로 답을 쓰지 못하여 불합격하거나, 1초만 더 일찍 왔으면 만날 수 있었던 일이나, 1초만 더 있었으면 성공할 수 있었던 일이 많았을 것이다. 1초가 부족하여 우리가 정성들여 준비해왔던 일이 성사되지 않았던 적도 있을 것이다. 이처럼 1초는 매우 짧고 보잘것없지만 어떤 때는 인생의 기로에 서게 하는 역할을 하기도 한다.

EBS 교육방송의 프로그램인 〈지식채널e〉에서 방영된 "1초"를 보고 많은 사람들은 1초의 소중함을 느끼고 있다.

1초 동안 일어날 수 있는 일들 중에는

- 재채기 때 터져 나오는 침이 공기저항이 없을 때 100m를 날아가는 시간

- 투수를 떠난 공이 배트에 맞고 다시 투수에게 날아가는 시간

- 인간의 주먹이 1톤의 충격량을 만들어 내는 시간

- 총구를 떠난 총알이 900m를 날아가 표적을 관통하는 시간

- 대지를 적시는 비 420톤이 내리는 시간

- 빗방울을 피하기 위한 달팽이의 달리기 거리 1Cm를 통과하는 시간

- 두꺼비의 혀가 지렁이를 낚아채는 시간

- 지구가 태양으로부터 받는 486억Kw의 에너지를 얻는 시간

- 새로운 생명의 2.4명이 탄생하는 시간

- 1.3대의 승용차와 4.2대의 텔레비전이 만들어지는 시간

- 5,700리터의 탄산음료와 51톤의 시멘트가 소모되는 시간

- 22명의 여행자들이 국경을 넘는 시간

- 79개의 별이 사라지는 우주

- 우주의 시간 150억 년을 1년으로 축소할 때 인류가 역사를 만들어간

  시간이라는 것이다.

참으로 1초는 짧지만 너무 많은 일들이 일어나는 시간이다. 여러분들은 과연 이 짧은 시간에 무엇을 하고 지내시는가?

2. 성공에는 시간 관리가 생명이다

시간이란 한번 지나면 다시는 돌아오지 않는 것이므로 항상 신중히 생각하여 행동해야 한다. 우리는 시간의 중요성에 대한 말들을 주변에서도 흔히 접할 수 있다. 그 대표적인 예로, "시간은 금이다." "하루 5분이면 인생이 바뀐다." "하루하루를 우리의 마지막 날인 듯이 보내 야 한다." "세월은 화살과 같이 지나간다."등 하루하루를 의미있게 보내라는 뜻이 대부분이다.

이처럼 시간이 소중한 것은 분명 시간이 우리 인생에서 가장 가치 있는 자산 중의 하나이기 때문이다. 이렇게 소중한 자산을 최대로 활용하기 위해 우리는 미친 듯이 달려들어 '빨리 빨리'를 외쳐댈 수밖에 없다. 심지어 시간을 절약하려면 두세 가지의 일을 한꺼번에 하라는 금언까지 있다. 그러나 아직도 많은 사람들은 한 번에 한 가지만을 위해 최선을 다하라고도 한다. 안타까운 것은 시간은 한 가지에 최선을 다할 시간적 여유를 주지 않는다는 것이다.

혼자서 온 세상과 인연을 끊고 느림의 미학을 즐기는 생활을 할 수는 있다. 세상이 아무리 빨리 변해도 여유 있고 느긋하게 시간을 보낼 수 있다. 그러나 다시 사회에 돌아온다면 엄청난 문화적 충격을 감수해야 할 것이다. 또한 세상의 빠름을 비웃으며 살아 갈 수는 있다. 그렇게 해서 그들은 느린 삶에 행복감을 느낄 수는 있을지 몰라도, 결코 세상을 장악하는 빠름을 이길 수는 없다. 그들은 빠름을 이긴 것이 아니라 그저 빠름을 피해 숨어버린 것일 뿐이기 때문이다.

세상이 복잡해 질수록 개인의 역할이나 지위가 높아 질수록 본인의 의사와는 상관없이 스케줄이 생기고 일이 발생한다. 멀티 플레이어는 여러 가지 분야에서 지식을 갖거나 다양한 업무를 할 줄 아는 사람이다. 따라서 시간 관리를 잘해야 그 많은 일들을 차근차근 진행할 것이다.

시간 관리를 잘못하여 시간이 부족한 상태에서 성공한 사람이 된다는 것은 도전은 하지 않고 마음만 성공하기를 원하는 것과 같다. 지금까지 성공한 사람들을 보면 결국은 시간 관리에서 성공한 사람들이 대부분이다. 그들은 시간 관리를 통하여 남은 시간을 자기 계발하는 데 재투자 함으로써 성공하였고, 시간 관리 면에서도 성공하게 된 것이다. 성공적인 시간 관리란 자신에게 주어진 시간들을 면밀히 분석하여 쓸모없는 곳에 시간을 낭비하지 않으며, 기존의 시간 사용 습관에 대하여서도 최소한의 시간으로 최대한의 효과를 보기 위하여 최대한 노력하는 것이다. 또한 아무리 바빠도 자기 개발을 위하여 짜투리 시간을 모아서 사용하는 멀티 플레이어가 되었다. 일본 사람들을 보라. 그들은 바쁜 출퇴근길에서도 자신이 세운 소기의 목적을 달성하기 위하여 기차나 전철 안에서도 독서를 한다.

성공하고자 하는 사람들은 평소에도 열심히 사는 사람들이다. 학생들은 학교를 다니면서 짜투리 시간을 모아 공부를 하고, 직장인들은 직장이 끝나는 시간부터 잠을 줄여가며 자신의 성공을 위하여 노력한다.

자기 계발 위해 시간을 내는 것에 대하여 사람들은 바쁘다는 핑계를 댄다. 역설적으로 이야기하면 바쁘다고 이야기할 수 있다는 것은 그만큼 여유가 있는 것이다. 진정으로 바쁜 사람은 바쁘다는 생각을 할 수 없을 만큼 바쁘기 때문이다. 하루를 돌이켜 보고 내가 활용할 수 있는 짜투리 시간이 얼마나 많은가 생각해 보라.

버스나 전철 안에서도 공부를 하는 것이다. 연습이 되지 않은 사람은 혼란스러워서 하기 힘들지도 모른다. 만화책이라도 보는 연습을 통해서 습관이 되면 버스나 전철 안이 나의 독서실이 된다. 손수 차를 몰고 다니는 사람은 영어 테이프나 MP3에 영어를 담아 들어 보라. 아무 생각없이 운전하는 것보다 훨씬 효율적일 것이다.

식사를 할 때도, 걸어 다닐 때도, 화장실에 가서도 막연한 상상만 할 것이 아니라 짜투리 시간을 어떻게 활용하면 좋을지를 고민해 보라. 그리고 자리에 앉기만 하면 바로 공부해 보라. 이미 무엇을 할지 얼마나 할지를 생각하였기 때문에 오직 밀도있게 공부를 할 수 있다. 그럼 하루 24시간이 길다는 생각과 함께 시간이 남아돌아간다.

혼자서 공부하는 것이 어려운 경우는 학원을 수강해 보라. 그리고 진도를 쫓아가면서 자신을 개발하기 위하여 노력해 보라. 그럼 아무것도 하지 않았던 때보다 훨씬 많은 것을 얻게 될 것이다.

시간이 많다고 성공을 보장하는 것이 아니다. 다만 주어진 시간을 어떻게 하면 짜임새 있게 잘 사용하느냐가 성공의 관건이 된다.

3. 성공하는 사람은 빨라야 한다

미래학자 엘빈 토플러는 지구촌은 이제 강자와 약자 대신 빠른 자와 느린 자로 구분될 것이라고 했으며 포드사의 도널드 패터슨 회장은 성공하는 기업과 낙오하는 기업을 구분하는 가장 중요한 척도는 시간에 대한 패러다임이라고 말했다. 20세기 기업의 패러다임이 '좋은 물건을 싸게'였다면 21세기는 '새로운 것을 빨리'로 바뀌게 되었다.

이제 누구도 거부할 수 없는 지금은 '스피드(Speed)' 시대가 되어버린 것이다. 차와 사람, 컴퓨터, 기업 등 무엇이든 빨리 움직이고 빨리 받아들이고 더 빨리 움직여야만 대접받는 시대가 되었다. 한국인의 전통적인 느림과 여유의 미덕은 사라지고 빠름과 재촉이 지배하는 시대 속에서도 변화는 끊임없이 이뤄지고 있다.

하다못해 사람의 즐거움 중의 하나인 식생활에서도 패스트 푸드(fast food)가 우리의 식탁에 자리를 잡아가고 있다. 패스트 푸드(fast food)는 생산량과 속도를 최고시 하는 현대사회를 상징하는 것 중의 하나가 되어 버렸다. 우리의 삶의 구조에서 시간을 아껴서 살라는 교훈을 주고 있는 것이다.

한때 통신수단이 편지밖에는 없던 시절이 있었다. 이때는 애써 고른 편지지에, 한 문장을 쓸 때마다 나름대로 아름다운 언어로 감동적인 글을 쓰기 위하여 밤새 공들여 편지를 썼다가 마음에 안 들면 찢고 다시 썼던 적이 있다. 그러다 전화기가 나오면서 편지보내는 일은 줄어들게 되었다.

그러나 바로 인터넷 환경의 급속한 발달로 이메일이라는 것이 생겨나 편지의 자리를 대신하게 되었다. 마치 이메일을 안하면 무언가 세상의 변화에 역행하는 사람처럼 보여 서투른 솜씨로 메일 보내기를 시작하였다. 이제 평범한 이메일을 거부하는 사람들을 위해 프로그램 안에 예쁜 편지지도 고를 수 있게 되었으며, 음악도 같이 나오고 동영상도 같이 보낼 수 있게 되었다. 이제 우리 국민 모두가 이메일이 주는 속도의 즐거움과 편리함에 잠시 도취되어 있는 사이에 핸드폰이 전 국민의 필수품으로 자리를 잡으면서 어느새 문자 메시지가 소식을 전하는 대명사처럼 되어 버렸다. 신세대들은 바로 핸드폰을 통한 문자에 익숙해질 수밖에 없다. 점차 이메일 인구가 늘었던 속도보다는 핸드폰을 이용한 이메일의 이용 인구가 폭발적으로 늘고 있다. 요즘의 젊은 세대들은 문자 메시지를 통하여 모든 의사를 전달하고, 사랑을 나누고, 지식을 나눈다. 처음에는 문자만 가능했는데 이제는 애니메이션, 배경 음악 등 모든 것이 다 들어 있다. 앞으로는 또 얼마나 빠르게 변화를 할 것인가?

오늘 내가 필요하다고 생각하면 내일 바로 상품화가 되는 시대가 왔다. 어쩌면 내가 필요하다고 생각했는데 이미 나와 있는 경우도 많다. 이처럼 세상은 생각할 기회마저도 주지 않고 빠르게 변하고 있는 것이다.

정말 어느 책의 제목처럼 머뭇거릴 시간이 우리에게는 없다는 것이다. 무슨 일이든 생각나면 바로 실행에 옮겨야 함을 의미하는 것이다. 따라서 남들보다는 빨라야 그 시장에서 블루오션의 기회를 누릴 수 있다. 남들보다 생각이나 행동이 늦으면 우리는 처절한 경쟁 시장인 레드오션에 빠질 수밖에 없게 된다.

우리는 가끔 세상의 때를 놓쳐 얻고자 하는 기회를 놓치는 경우가 많다.

4. 급할수록 돌아가라

우리가 이렇게 성장하게 된 저력에 대하여 외국 사람들은 "빨리 빨리의 신화"가 있었기 때문이라고 한다. 조선 시대만 해도 여유로운 생활이 모든 것의 중심이라고 생각했던 사람들이 이처럼 빠른 것을 선호하게 된 것은 한편으로는 단기간에 이루어낸 경제성장과 다른 한편으로는 속도를 강조하는 현대문명과 관련이 있는 것으로 생각된다. 농업중심의 사회에서 공업중심의 사회가 되는데 다른 나라들은 백 년이 넘게 걸렸지만, 우리는 불과 40여년 밖에 안 걸렸다. 우리나라는 빠른 경제 성장에 주력했고, 이것이 우리나라 사람들에게 빨리 빨리에 익숙하도록 했다. 여기에다가 속도와 효율성을 강조하는 현대문명이 빨리 빨리를 부추겼고 일상화하는데 기여했다.

이러한 변화는 패스트 푸드의 확산, 고속도로의 과속주행, 빠른 컴퓨터의 경쟁적 구입, 곳곳에 들어서 있는 속성 학원, 읽는데 시간이 오래 걸리는 책보다는 쉽고 금방 읽을 수 있는 책, 오랜 시간을 들여 얻을 수 있는 것보다 적은 시간을 들여 빨리 얻을 수 있는 것을 더 선호한다. 그래서 우리는 어떤 일을 해도 빨리 끝낼 수 있는 것에만 집착하는 경향이 많다. 문제는 짧은 시간에 끝낼 수 있는 것 중에 희소성의 가치가 있는 것은 아무것도 없다는 것이다. 짧은 시간에 최대한의 효과를 볼 수 있는 것은 나만 관심을 가지고 있는 것이 아니라 모든 사람이 선택하는 것이기 때문이다. 사회적으로 위대한 성공을 한 사람들의 삶이 우리에게 줄 수 있는 교훈은 그들의 삶이 오랜 시간을 들여서 목표를 달성하였기 때문이다. 시간이 많이 걸리는 목표일수록 평범한 사람들이 접근하기 어려운 목표일 수 있다. 그렇기 때문에 희소성의 가치를 가진 성공한 사람이 될 수 있었던 것이다. 그러나 될 수 있으면 빨리 성공의 세계로 가야 하는 사람들은 조급함을 느낄 수밖에 없다. 그러다보니 최단 시간에 성공하는 빠른 방법만을 찾는다. 이 세상에 빠른 방법으로 성공할 수 있는 방법은 로또 밖에는 없다. 그 이외에는 목표를 세우고 그에 따른 강력한 추진의지를 가지고 실천하여야 성공한다.

우리 옛말에도 "급할수록 돌아가라."라는 말이 있다. 이 말은 한마디로 급하다고 생각해서 서두르면 집중도 안되고 능률도 오르지 않아 좋은 결과를 얻을 수 없다는 것을 의미하는 말이다. 따라서 희소성의 가치가 높은 멀티 플레이어가 되기를 원할수록 많은 시간을 가지고 준비와 실천을 하여야 한다. 그러나 시간이 흐를수록 목표에 도달하는 시간이 짧아진다.

따라서 성공하기 위해서는 우연하게 시작하면 시행착오를 자주 겪게 되어 원하는 목표를 달성하는데 시간이 많이 걸린다. 따라서 성공하기를 원하면 처음부터 확실한 목표를 설정하고 그 목표를 최단기간 달성하려는 철저한 분석과 준비가 있어야 한다.

5. 성공한 사람들은 바쁘다는 이야기를 하지 않는다

현대인들은 언제나 정신없이 하루를 시작하고, 또 정신없이 하루를 마감하면서 너무 바쁘게 살아가는 것 같다. 아침에 눈을 뜨고 출근해서 정신없이 사람들과 부대끼다 보면 점심시간이 되고, 점심을 먹고 나면 어느새 퇴근시간이 된다. 집에 돌아와 잠자리에 누워 하루를 반추해 보면 오늘도 많은 일을 놓치고 말았다는 생각이 든다. 그렇듯 매일 같은 일상을 되풀이 한다.

사람들은 늘 묻지도 않는데 "바쁘다. 바쁘다."를 외쳐댄다. 사람들은 만나자마자 묻는 첫마디가 "바쁘시지요?"라고 한다. 세상이 정말 바쁘긴 한 것 같다.

그러나 하루 24시간은 누구에게나 똑같이 주어졌는데 사용하는 사람에 따라 엄청나게 다른 결과를 가져오고 있다. 똑같은 24시간을 가지고 있음에도 어떤 이는 자기가 원하는 목표를 이루어 성공한 사람으로 행복한 세상을 여유롭게 사는 반면, 어떤 이는 자신의 목표를 이루지 못하여 항상 무언가에 쫓기며 한 세상을 사는 경우가 있다.

왜 이런 현상이 생기는 걸까? 똑같은 시간을 가지고 있으면서도 누구는 성공하고 누구는 실패하는 삶을 사는 이유는 무엇인가?

자신이 성공하지 못한 삶을 사는 사람들은 항상 바쁘다는 말을 입에 달고 산다. 사실은 시간을 능률적으로 사용하지 못하고 있는 것은 아닌가? 또 자신의 꿈을 어디엔가 잃어버린 채, 마지못해 하루하루를 살고 있지는 않은지 한번쯤 생각해 볼 필요가 있다.

세상에서 가장 바쁜 사람은 바쁘게 일하는 사람이 아니라 "노는 사람"이라는 말이 있다. 노는 사람은 점심은 누구랑 먹고, 어떻게 하면 재미있게 놀까를 생각하기 때문에 시간이 부족하다는 것이다. 실제로도 제일 시간이 많을 것 같은 노는 사람들에게 연락해보면 항상 일이 많다. 만날 사람도 많고, 볼 것도 많고, 먹을 것도 많다. 그래서 매일 바쁘다는 것이다.

사회적으로 성공한 분들의 삶을 오랫동안 지켜보면서 느낀 것은 그들은 바쁘다는 말을 하지 않는다는 것이었다. 남들보다 몇 배나 많은 일들을 하면서도 전혀 바쁘다는 말을 하지 않았다. 그 분들은 너무 바쁘기 때문에 바쁘다는 말을 할 시간이 없다는 것이다. 그렇다고 성공한 분들이 오직 일이나 자기개발에만 모든 시간을 사용한 것은 아니다. 바쁜 와중에도 자신들이 좋아하는 일은 다 한다는 것이다.

B는 유명인으로 하루를 25시간으로 산다. B는 영화를 보는 것이 취미다. 그래서 그는 아무리 바빠도 개봉영화가 들어오면 조조나 가장 늦은 시간의 짜투리를 이용하여 영화를 보고 영화평

에 대한 이야기를 해준다. 그러면서 자신이 영화를 보는데 사용한 시간을 보충하기 위하여 잠을 덜 잔다. B는 말한다. 바쁘다는 이유로 자기가 하고 싶은 것을 못하는 것은 핑계라고 자신이 좋아 하면 아무리 바빠도 그 일은 해야 한다는 것이다. 바쁘다는 말보다 마음에 여유가 없다는 것으로 표현하는 것이 좋다고 했다.

이렇게 보면 바쁘다는 말을 많이 하는 사람일수록 실제로는 바쁘지 않다는 것이다. 바쁘다고 하는 시간들을 모아 놓으면 의외로 많은 여유의 시간이 생길지도 모른다.

열심히 바쁘게 사는데 성공하지 못했다고 하는 사람이 있다면 주변을 돌아보자. 주변 사람들도 나만큼, 혹은 나보다 더 바쁘게 살아가고 있다는 것을 알아야 한다. 24시간이라는 시간의 양은 똑같지만 그 시간을 사용하는 방법에 따라 인생은 천차만별로 바뀐다는 생각을 가지고 자신의 시간을 냉정하게 분석할 필요가 있다.

이렇게 늘 정신없이 보내는 일상을 어떻게 하면 잘 보낼 수 있을까? 또 누구에게나 똑같이 주어진 짧은 하루, 일 주일, 한 달, 일 년의 시간을 보다 알차고 효율적으로 사용할 수 있는 방법은 없을까를 생각하는 사람은 아무 생각 없이 시간을 보내는 사람들보다 성공에 이를 확률이 높아진다. 최소한 성공은 못하더라도 시간을 효율적으로 사용할 수 있기 때문에 시간적인 여유가 생길 것이다.

6. 시간은 돈이다

우리는 하루 중 잠자는 시간을 빼면 반 이상의 시간을 자신이 근무하는 직장에서 보내고 있다. 그처럼 많은 시간을 보내는 직장에서 어떻게 일을 하고, 어떻게 시간을 보내면 후회 없는 직장 생활을 할 수 있을까. 좀 더 효율을 높일 수 있는 방법을 찾는다면 시간을 돈으로 계산해서 사용해 보라.

우리 모두는 하루에 최소한 여덟 시간씩 일한다. 그러나 어떤 사람은 부유하게 살고 어떤 사람은 가난하게 산다. 어떤 사람은 하루에 열네 시간씩 일하면서 3천만 원의 연봉을 받고, 어떤 사람은 하루에 여덟 시간만 일하면서도 1억 원의 연봉을 받는다. 이들의 차이는 어디에서 오는 걸까? 물론 학력이나 능력 혹은 전문성의 차이일 수도 있다. 그러나 같은 업종, 같은 경력의 사람에게 이런 차이가 있다면 이는 시간을 보는 개념이 완전히 다르기 때문이라고 할 수 있다. 단순히 더 많은 시간을 일한다고 수익이 올라가는 것이 아니며, 더 많은 수익을 올리기 위해서는 생산성이 더 높은 일에 집중해야 함을 아는 사람들만이 시간을 다르게 본다. 이들이 바로 고액 연봉자, 성공한 사람이다. 그것은 시간을 효율적으로 사용할 수 있는 능력의 차이라고 할 수 있다.

스펜서 존슨의 「선물」이라는 책을 보면 이런 구절이 있다.

10년의 소중함을 알고 싶으면

미래에 대하여 전혀 준비하지 않아 어렵게 사는 사람들에게 물어보라!

1년의 소중함을 알고 싶으면

시험에 떨어진 재수생들에게 물어보라!

1달의 소중함을 알고 싶으면

미숙아를 낳아 인큐베이터에 아이를 넣은 어머니에게 물어보라!

1주일의 소중함을 알고 싶으면

방금 사랑하는 배우자를 떠나보낸 주말 부부에게 물어보라!

1일의 소중함을 알고 싶으면

어제 자녀가 죽은 부모에게 물어보라!

1시간의 소중함을 알고 싶으면

약속 장소에서 애절하게 사랑하는 연인을 기다리는 사람에게 물어보라!

1분의 소중함을 알고 싶으면

하루에 한 대 오는 버스를 놓친 사람에게 물어보라!

1초의 소중함을 알고 싶으면

2등한 마라톤 선수에게 물어보라!

1000분의 1초의 소중함을 알고 싶으면

2등한 100미터 달리기 선수에게 물어보라!

매일 아침 당신에게 86,400원을 입금해주는 은행이 있다. 그 계좌는 당일이 지나면 잔액이 사라진다. 매일 저녁 당신이 그 계좌에서 쓰지 못하고 남는 잔액은 모두 지워져버리죠. 매일 아침 은행은 당신에게 새로운 돈을 넣어준다. 매일 밤 그날의 남은 돈은 남김없이 사라진다. 어제로 돌아갈 수도 없으며, 내일로 연장시킬 수도 없다. 오로지 오늘 현재의 잔고를 갖고 우리는 살아갈 뿐이다. 건강과 행복과 성공을 위하여 최대한 사용할 수 있을 만큼 뽑아 쓰세요.

이와 같이 상황에 따라 태도가 달라지는 이유는 「시간」과 「돈」을 저울질하여 어느 쪽이 자신에게 중요한가를 판단하고 가치를 부여하기 때문이다. 인간이란 이해 득실에 매우 민감한 동물이다. 일을 할 때 업무의 진행순서는 생각하지 않는 사람이 손실과 이득을 계산할 때는 거의 직감적으로 컴퓨터보다 더 정확하고 빠르게 처리한다.

결국 이 세상에서 성공하는 사람과 그렇지 않은 사람과 차이는 '시간에 대한 생산성의 차이'에 있는 것이다. 작년보다 금년, 어제보다 오늘, 1시간 전보다 현재 어떻게 하면 시간에 대한 생산성을 높일 수 있는지를 생각하고 모든 지식과 지혜를 총동원하고 있다.

결국 방법을 생각하고 찾아내는 사람이 부자가 되는 것이다.

7. 시간을 잘 관리하면 성공이 보인다

시간의 소중함을 모르는 사람은 없을 것이다. 또한 어떤 일을 하든지 효과적으로 하고 싶지 않은 사람도 없을 것이다. 열심히 일하고 충분한 여가를 보내고 싶지 않은 사람도 없을 것이다. 중요한 것은 사회가 발전하면 할수록 시간을 줄여주는 제도나 기계의 발명에도 불구하고 복잡하고 많은 일들이 생겨나 우리의 균형을 깨뜨리고, 시간을 빼앗고, 리듬을 잃게 한다는 것이다.

그러나 아무리 바쁜 생활을 하여도 업무 효율을 높이는 사람, 개인 시간을 확보하는 사람, 자기 계발에 시간 투자가 충분한 사람에게는 우리들이 알지 못하는 시간관리의 노하우가 있다. 이처럼 시간 관리를 잘 하면 중요한 일을 하기 위한 시간을 마련할 수 있고, 경영진이나 중간 관리자로서 업무를 처리하기 위한 시간을 마련할 뿐만 아니라, 절대 소홀히 할 수 없는 사생활을 위한 시간과 가족을 위한 시간을 마련할 수 있다. 성공하는 사람들의 시간 관리를 보면 다음과 같은 특징을 가지고 있다.

● 우선 순위 정하기와 필요없는 일 하지 않기

시간이 부족하다고 생각하는 사람들은 거의 모두가 할 일이 너무 많다는 불평을 한다. 그분들의 할 일을 잘 들어 보면 중요하지 않은 일임에도 불구하고 중요하다고 생각하는 경우가 많았다.

더욱 하지 않아도 될 일을 굳이 하면서 바쁘다는 것이었다.

이런 경우는 일의 우선 순위를 결정하고 어떻게 정해야 하는 지를 결정하면 쉽게 해결할 수 있다. 내가 하루에 해야 할 일들을 미리 적어보고 그 중에서 가장 우선시해야 할 일들을 순서대로 적어 본다. 그리고 하지 않아도 될 일이나 나중에 해야 할 일을 정해 보자. 그럼 시간을 효율적으로 사용할 수 있는 방법이 보인다.

일을 할 때는 가장 효율적으로 진행할 수 있는 순서를 미리 정해두는 것이 좋다. 미리 순서를 정해두고, 그 순서대로 일을 추진하면 확실하게 마무리를 지을 수 있다. 다음에도 같은 일이 떨어지면 일의 순서를 알고 있기 때문에 안심하고 쉽게 할 수 있다. 또한 지금 다른 일을 하고 있는 중에도 다른 일이 떨어지면 일을 정확하게 알고 있기 때문에 지금 하는 일에 열중할 수 있다. 그렇지 않으면 설령 한 가지 일을 끝냈다고 하더라도 '다음에 무슨 일을 하면 좋을지' 몰라 우왕좌왕하게 된다.

만약 예측불허의 긴급한 일이 발생했을 때는 지금 하고 있는 일보다 우선시해야 하는가를 생각해보고, 막중하다는 판단이 들 경우에는 새 일에 착수하고, 그렇지 않을 경우에는 지금의 일을 지속한다.

● 시간 사용 계획 세우기

오래된 속담이지만 좋은 문구가 있다. "어느 누구나 실패하기 위해 계획을 세우진 않지만, 실패하는 사람들은 단지 계획을 세우는데 실패하기 때문이다." 결국 계획을 세우지 않기 때문에 실패한다는 것을 의미한다. 따라서 시간 관리를 잘하기 위해서는 시간 사용 계획을 잘해야만 한다는 것이다. 일을 계획적으로 실천하기 위해서는 시간 사용 계획을 확실히 세우는 것이 무엇보다 중요하다.

일 년 시간 사용 계획표는 새로운 한 해를 시작하는데 매우 유용한 도구다. 시작할 때 무슨 일에 집중해야 하는지를 결정할 수 있게 해주기 때문이다. 새해가 시작되면서 결심을 했지만 어디서부터 손대야 할지 몰라 막막하던 기분을 떨쳐버리게 해줄 것이다. 일 년이 너무 길다면 한 달, 한 달이 길다면 일주일, 일주일이 길다면 하루의 시간 사용 계획표를 만들어 보자. 그러면 하루가 다르게 보인다. 당신의 성공의 정의가 무엇이든 간에 당신을 성공하도록 할 것이다.

● 나중에 하겠다는 습관 고치기

성공으로 가는 가장 기본적인 자세는 지금해야 할 일은 바로 하는 것이다. 일을 잘 못하거나 일의 속도가 늦은 사람은 지금해야 하는 일인데도 불구하고 바쁘다는 이유로 차일피일 미루는 사람들이다. 어차피 지금 시간이 부족하다면 나중에도 마찬가지이기 때문이다. 시간을 미루다 보면 자연적으로 미루어진 해야 할 일을 잊어 버려서 못하는 경우도 있고 결국 시간에 쫓겨 대충 해버리는 경우가 많다. 결국은 미루는 습관 때문에 자신의 능력이 부족하거나 성실하지 않은 사람으로 인식받기 쉽다.

● 인맥을 활용하여 일을 나누기

일을 잘 못하는 사람일수록 자신이 혼자 모든 일을 한다. 물론 개인적인 능력이 있어서 완벽하게 처리할 수 있지만 신속하게 일을 처리하기는 어렵다. 그러나 능력있는 사람들은 자신의 일을 분야별로 나누어 그 분야의 전문 인력을 활용하여 일을 수행해 나간다. 나중에 일을 수합하여 정리하는 시간을 가져야 하지만 빠르고 광범위하게 진행할 수 있다는 장점이 있다.

따라서 훌륭한 여성 리더는 자기 인맥을 잘 활용해서 자신의 일을 빠르게 해결할 수 있는 능력을 가지게 될 것이다.

● 일에 집중하기

시간 관리의 기본은 일에 대한 집중력이다. 일을 못하는 사람일수록 일에 집중하지 않기 때문에 시간도 많이 걸리지만 건성으로 하게 된다. 그러나 일을 잘하는 사람일수록 일에 집중하여 처리하므로 시간이 절약됨은 물론 일을 완벽하게 수행할 수 있다.

이런 경우 해야 할 일의 리스트를 메모하여 책상 앞에 붙여 놓는 것도 좋은 방법이다. 남들이 자주 와서 방해하는 경우 붉은 깃발과 녹색 깃발을 사용하는 것도 권할 만하다. 바쁜 시간에는 붉은 깃발을 꽂아 남들에게 방해하지 말라는 표시를 하자.

● 어려운 일을 먼저 하기

사람들은 쉬운 일과 어려운 일이 있으면 쉬운 일을 먼저 하려는 속성을 가지고 있다. 쉬운 일을 먼저 하면 일의 속도는 붙지만 나중에 어려운 일들이 기다리고 있다는 부담감을 가지고 있다. 또한 일을 시작할 때는 저력이 충분하지만 시간이 지나면서 피로 또한 증가하여 일이 잘 진행되지 않는 경우가 많다. 따라서 어려운 일을 가장 먼저 하면 여력이 있어 쉬운 일들을 해나갈 수 있는 능력이 생긴다.

● 시간대를 선택하여 집중해서 일하기

일을 못하는 사람의 특징 중에 하나는 닥치는 대로 일하는 습관을 가진 사람이라고 한다. 이처럼 생각나는 대로 일하는 것은 그다지 현명한 방법이 아니다. 사람은 시간대에 따라 정신 집중이 잘 되는 시간이 있다. 예를 들어 새벽에 정신 집중이 왕성한 사람, 아침, 점심, 저녁, 심야에 왕성한 사람들이 있다. 정신 집중이 잘 된다는 것은 그만큼 일을 하는데 능률이 높은 시간이 있다는 것이다. 이들은 정신 집중이 필요한 일은 가장 능률적인 시간에 처리한다. 일의 능률이 오르지 않는 시간에 정신 집중이 필요한 일을 하려고 하면 오히려 일이 잘 처리되지 않는 경우가 많다. 따라서 정신 집중이 잘되는 시간을 선택하여 집중해야 하는 일을 해보자.

● 전화 통화 시간 계획 세우기

요즘 통신기기의 발달과 함께 전화로 많은 일들이 진행된다. 특히 핸드폰의 전 국민 보급화 현상에 따라 수시로 전화가 걸려와 오히려 일을 하는데 방해가 되는 경우가 많다. 모든 일을 정지하고 전화만 받게 되면 손해가 이만 저만이 아니다. 따라서 일하는 도중에 전화가 오면 최소한의 통화만 하고 다시 일에 집중해야 일을 잘 진행할 수 있다. 통화를 빨리 끝내고 싶으면 앉아서 하지 말고 서서 통화해 보라. 그럼 통화를 빨리 끝낼 수 있다.

중요하지 않은 일이라면 일을 하지 않을 때 한데 모아서 짬짬이 시간을 내어 전화를 해보자. 식사하러 가는 도중, 식사를 기다리는 도중, 화장실에 가는 도중, 화장실에 있는 동안 남에게 피해를 주지 않는 범위에서, 운전하는 동안 핸드프리를 이용하여 전화를 해보자. 그러면 일부러 일하는 시간을 버리고 전화를 하지 않아도 된다.

● 메일 읽는 시간 정하기

인터넷의 발달은 전화로 해결할 일을 이메일로 하게 하고 있다. 이메일은 기록으로 남는다는 장점과 함께 언제든 다양한 자료를 공유할 수 있다는 장점이 있다. 그래서 현대인은 적게는 한 개 많게는 10개 이상의 이메일을 관리하는 사람이 많다. 그러나 이메일이 많이 오는 사람은 습관적으로 이메일을 확인하는데 드는 시간이 만만치 않다.

이메일을 확인하는 시간이 하루에 얼마 되지 않는다고 생각할지 모르지만 모아보면 매우 많다. 따라서 이메일을 확인할 때는 시간을 오전 출근해서, 점심 식사 후, 저녁에 퇴근할 때 등 3번 정도 하는 것이 좋다. 또한 현재 자신의 업무와 관련된 것을 제외하고 '편지함'을 모두 비우면 중요한 정보를 관리하는데 도움이 된다.

● 감당할 수 없는 일은 시작하지 말기

사회의 초년생이 아니면 어떤 일이든 어느 정도의 시간이 걸릴 것이라는 감은 잡을 수 있다. 따라서 너무 많은 시간이 걸리는 일은 되도록 시작하지 않는 것이 낫다. 너무 오래 걸리는 일에 너무 오랜 시간을 사용하는 것보다는 쉽게 할 수 있는 일을 여러 가지 해내는 것이 훨씬 효과적일 때가 많다.

자신이 감당하기 어려운 일을 누군가 지시하거나 부탁했을 때는 단호하게 거절해야 한다. 괜히 인간관계 때문에 자신의 능력에 벗어난 큰일을 하다가 오히려 지금까지의 좋은 관계에도 영향을 끼칠 수 있기 때문이다.

또한 하나의 일에 필요 이상의 시간이 들어가거나 앞으로도 무한한 시간을 들여야 한다는 판단이 들었을 때는 마음은 아프겠지만 이쯤에서 끝내자고 단념하는 것도 시간을 효율적으로 사용하는 방법 중의 하나이다.

● 반복되는 일은 단순화하기

똑같은 일을 반복적으로 하다보면 습관이 되어 빨리 할 수 있는 능력이 생긴다. 그런 사람들을 생활의 달인이라고 한다. 생활의 달인이 된 사람들은 매일 하는 일들을 어떻게 하면 빨리할 수 있을까를 고민하였기에 가능한 것이다. 자신에게 매일 반복되는 일들을 줄이거나 단순화 해 보라. 정해진 시간에 예전보다 더 많은 일을 할 수 있으며 시간이 남아돌아 갈 것이다.

● 완벽주의에서 벗어나기

일을 완벽하게 하는 것은 정말 바람직한 일이다. 문제는 완벽해지기 위해서는 많은 시간이 필요하다는 것이다. 따라서 모든 일을 완벽하게 진행하려면 최선의 노력을 기울여야 할 뿐 아니라 시간적으로도 많은 투자를 해야 한다. 그러다 보면 많은 일을 진행하기는 어렵다. 한 가지 일을 해야 할 때는 어쩔 수 없겠지만 많은 일을 해야 할 경우에는 완벽주의에서 벗어나 우선은 대충이라도 시작하여 일을 해결하려는 노력을 해야 한다. 그렇지 못하면 한 가지 일 밖에는 완수하지 못하는 경우가 생길 수 있다.

심한 경우에는 그릇된 '완벽주의'가 일의 진행을 방해하는 경우다. 한 가지 일에만 매달려 시간을 보내다 보면 다음 일을 추진하지 못하고, 결국에 가서는 어느 것 하나도 제대로 해내지 못하게 된다.

● **자리에 앉자마자 일을 시작하기**

매일 아침 사람들은 회사에 출근하면 바로 일을 시작하기 보다는 인사와 함께 차 한잔을 마시면서 업무를 시작한다. 차를 마시면 오늘은 무슨 일부터 시작할 것인가? 언제 일을 마쳐야 할까를 고민하게 된다. 그러나 출근해서 결정하기 보다는 출근하는 도중에 오늘은 회사에서 무슨 일을 어떻게 할까를 결정하고 출근하여 앉자마자 일을 처리할 수 있다면 자연히 자유롭게 사용할 수 있는 시간도 훨씬 많아진다.

여성 리더의 인생을 바꾸는 이미지 메이킹

사람들은 처음 만나서 약 6초라는 눈 깜박하는 사이에 얼굴 표정과 외모, 말 한마디를 통해서 상대방을 평가하게 된다. 그 이유는 얼굴 표정과 외모가 비록 그 사람의 모든 것을 나타내거나 결정짓는 것은 아니지만 사람들은 우선 얼굴 표정과 외모를 보고 판단하는 경향이 많고, 또한 깨끗하고 청결한 사람은 어디서나 환영받기 때문일 것이다.

1. 이미지가 좋으면 인생이 달라진다.

인간관계가 복잡해지는 21세기는 이미지 시대라 할 수 있다. 사회에서 보다 좋은 이미지를 많이 구축하는 사람이 성공하는 사회가 이루어졌다. '이미지'의 의미는 라틴어 imago(이마고 : imitari 흉내내다 + ago = 흉내낸 것)가 그 어원으로 사전적인 의미로는 형태나 모양, 느낌, 영상, 관념 등을 나타낸다. 즉 어느 대상, 특히 사람의 경우 외적인 모습, 심상 또는 상징, 표상으로 정의할 수 있다.

이미지는 눈에 보이지 않는 허상으로 "어떤 것을 머리 속에 재현하는 일"이라면 "이미지 메이킹"은 어떤 목표나 상황을 이미지화하여 실제로 실현시킬 수 있게 도와주는 메커니즘이다. 즉 이미지 메이킹은 자신의 이미지를 다른 사람에게 언제 어디서든 그 상황에 필요한 사람으로 만들어 주고 그 능력을 배가시켜 주는 것이며 더 나가서는 개인이 잠재하고 있는 내면의 잠재능력을 밖으로 표출시켜 줌으로써 활동력 있고 자신감 있는 사람, 호감을 주는 상품, 조직으로 보여지게 하는 것이라고 할 수 있다.

이미지 메이킹의 기본 원리는 자신의 외적 이미지를 강화하여, 긍정적인 내적 이미지를 끌어내는 시너지 효과(synergy effect : 상승효과)를 얻는 것이 이미지 메이킹의 기본 원리이다. 따라서 이미지 메이킹은 우리가 원하는 이미지를, 스스로 조절

함으로서 원하는 목표에 다가가 실현되는 행복한 마음을 갖게 해준다. 어릴 때부터 매너는 굳어지는 것에 비하여 이미지는 후천적으로 개발하거나 만들어 갈 수 있다. 그러므로 우리는 이미지 시대에 걸맞은 새로운 성공 전략으로 우리 자신을 "이미지 메이킹"해야 한다.

좋은 첫인상을 가진 사람에게는 다가서기가 쉽고 편하지만 첫인상이 좋지 않은 사람에게는 다가가려고 하지 않는다. 더욱 상대방의 기억 속에서 안 좋은 사람으로 기억될 것이다. 그러한 편견을 다시 바꾸려면 많은 노력과 시간이 필요하거나 또는 전혀 효과를 보지 못할 수 있다.

우리가 만나고자 하는 사람은 많은 사람을 만나고 있기 쉽다. 사람을 많이 만나는 사람은 사람들을 하도 많이 만나서 나름대로 사람의 유형을 평가하는 고정관념을 가지고 있다. 사원을 선발하는 면접 장소에서는 인상학을 전공한 사람을 면접관으로 초빙하여 인재를 선발하도록 하고 있다. 표정, 복장, 태도, 용모, 시선, 자세, 걸음걸이와 같은 시각적 이미지뿐만 아니라 음성, 억양, 말씨, 언어와 같은 청각적 이미지를 보고 선택하느냐 마느냐를 결정한다.

마찬가지로 미팅이나 맞선에서도 상대편을 단 6초 안에 지금까지 살아온 인생을 나의 이미지하나로 결정한다. 따라서 모든 사람들에게 따뜻하고 편안한 첫인상을 주기 위해 모든 사람들은 자신의 외모와 말씨 행동들을 생각해 개선점을 찾아 실천하도록 노력하여야 한다. 아주 짧은 시간에 얼마나 자신의 첫인상을 좋은 방향으로 PR 할 수 있는 사람이야말로 진정한 성공을 준비하는 사람일 것이다.

　자신의 이미지는 다른 사람들의 좋은 이미지를 따라 한다고 해서 되는 것이 아니고, 억지스레 짓는 미소도 자신의 이미지가 될 수 없다. 자신의 이미지를 찾는 일은 자신의 외모 또는 성격과 자신의 노력 여하에 달려 있다.

2. 첫인상이 좋아야 결과도 좋다

의학계에서는 우리 얼굴의 근육은 뇌의 명령을 그대로 전달하며 표현한다고 한다. 사람의 표정은 무려 7천여 가지나 된다고 한다. 이것은 얼굴에 있는 40여 개의 크고 작은 표정 근육들의 움직임을 수학적으로 조합한 숫자이다. 이 표정 근육이 항상 일정한 방향으로 계속 움직이면서 주름을 만드는 것이다.

그래서 부정적인 생각이나 너무 심각한 생각을 하는 사람은 인상이 어두워진다. 연구직처럼 오랫동안 한 분야에 몰두하거나 공부를 한 사람들의 근육은 더 경직되어 학자의 얼굴이 되고, 동심을 가지고 사는 사람들은 어른이 되어서도 동안이라는 말을 듣게 한다. 남을 괴롭히거나 폭력적인 생각만 하다 보면 범죄자의 얼굴이 된다. 못생긴 얼굴로 인해 미움을 받았거나, 아름다운 얼굴을 가진 덕분에 사랑을 받아왔다면, 그 역시 성격 형성에도 중요한 영향을 미쳐 인상에 다시 반영되어 나타난다. 이러한 이유는 뼈는 달라지지 않으나 근육의 쓰는 부위에 따라 주름살도 생기고, 살의 위치나 탄력이 달라지기 때문이다.

얼굴의 형태가 삶에 미치는 영향을 보면 타고난 선천적인 얼굴의 형태가 20퍼센트 정도 영향을 미치며, 80퍼센트는 후천적으로 자신이 만들어 가는 얼굴에 의하여 영향을 받는다. 따라서 그 사람의 인상은 삶을 반영하는 거울이 된다. 심지어 한날 한시에 태어난 쌍둥이조차 인성에 따라 얼굴이 달라진다.

많은 학자들은 사람들은 처음 만나서 약 6초라는 눈 깜박 하는 사이에 표정, 복장, 태도, 용모, 시선, 자세, 걸음걸이와 같은 시각적 이미지뿐만 아니라 음성, 억양, 말씨, 언어와 같은 청각적 이미지를 통해서 상대방을 평가하게 된다고 한다.

이미지를 형성하는 다양한 요소들은 사람을 만나는 처음부터 끝까지 모두 영향을 주는 것이 아니라 만남의 시간이 지남에 따라 영향을 주는 판단 요소들도 변화를 한다. 따라서 상대방에게 좋은 인상이나 강한 인상을 주기 위해서는 이미지를 형성하는 요소들을 시간이 지남에 따라 적절히 활용해야 한다.

구분	특징	판단요소
첫인상	- 외모에 의해서 상대편이 일방적으로 평가한다. - 5~6초 안에 신속하게 이뤄진다. - 외모만을 보고 성격이나 신뢰감에 대한 연상을 일으킨다. - 단 한 번뿐이다. - 나에 대해 긍정적, 부정적인 마음을 갖게 한다.	표정, 모습, 인사, 자세, 동작, 이미지 등
중간인상	- 첫인상에 대한 평가에 의해 지속적으로 받는다. - 부정적인 첫인상을 바꿀 수 있는 유일한 시기이다. - 긍정적인 첫인상을 강화하는 시기이다. - 생각을 행동으로 실천하게 하는 시기이다.	행동과 대화가 대부분의 이미지를 차지
끝인상	- 긍정적인 생각을 한다고 느끼면 소홀하기 쉽다. - 긍정적인 중간인상을 마무리 각인시키는 과정이다. - 신뢰감을 형성한다. - 지속적인 만남을 가질 것인가를 결정한다.	감사인사, 행동, 전화, 시선 등

3. 좋은 인상은 마음에서부터 시작된다

갓 태어난 아기의 얼굴은 대개 비슷하게 천진난만하고 귀여운 인상을 하고 있다. 천진난만했던 얼굴이 성숙해가면서 여러 가지 외부 환경의 자극에 의하여 정신적인 반응이 얼굴의 근육을 변화시켜 인상이 점차 변화되어 간다. 따라서 우리의 인상은 선천적이라기 보다는 후천적이라 할 수 있다.

사람은 성장하면서 호감이 가는 인상이 있는가 하면 반면에 마음은 그렇지 않은데 점점 나쁜 인상을 주는 사람도 있다. 호감이 가는 인상은 세상을 살면서 인복이 있다는 말을 들을 정도로 주변 사람들에 의하여 인생이 수월하게 풀려 가는 것을 느낄 수 있다. 나쁜 인상을 가진 사람들은 자기를 기피하게 하고 하는 일마다 사람을 잘못 만나서 원하는 목표를 이룰 수 없게 된다.

그래서 링컨은 "40대가 되면 자기 인상에 대하여 책임을 지라."는 말을 했다. 각자의 인상은 어떤 생각을 가지고 어떻게 삶을 살았느냐를 얼굴이 반영한 것이다. 인생을 긍정적이요 행복하게 산 사람들의 인상에서는 행복감과 편안함을 느낄 수 있다. 그러나 삶이 순탄하지 않은 사람들은 인상에서 그 삶의 고단함을 느낄 수 있다.

얼굴이란 한 송이 꽃과 같아서 관리하는 사람의 관리 부족으로 설령 못생긴 꽃이 피었다 하더라도 그것은 그다지 문제가 될 일이 아니다. 꽃은 시들어도 뿌리가 살아 있다면 관리를 잘해 줌으로써 다시 한 번 훌륭한 꽃을 피울 수도 있다. 그 뿌리를 사람에 비유하자면 마음이라고 할 수 있다. 긍정적인 마음을 갖는다면 그 사람의 인상을 성공하는 인상으로 변화시킬 수 있다.

따라서 우리의 인상은 선천적으로 태어날 때부터 가지고 나오는 것이 아니라 성장 과정에 부정적인 사고나 자신감의 상실로 인하여 굳어진 것이라 할 수 있다. 이제 나쁜 인상을 탓하지 말고 지금까지 살아온 삶에 대하여 부정적인 요인들을 제거하여 긍정적인 마음을 갖는 것이 중요하다. 이제부터라도 후천적인 노력을 통해 매력 있는 표정과 미소를 만들어 성공하는 삶을 살아야 한다.

인상을 좋게 하는 원인은 지금까지 강조했듯이 마음에서 나온다. 결국 그 원인은 주어지는 것이 아니라 자기가 만드는 것이다. 그러나 좋은 인상을 갖길 원하나 단순히 생각만으로 만들어지면 세상에 인상이 나쁜 사람은 전혀 없을 것이다. 산에 오르기는 어렵지만 내려오기는 어렵지 않다. 좋은 인상이 나빠지는 건 간단하지만 나쁜 인상을 좋은 인상으로 바꾸는 것은 결코 쉬운 일이 아니다. 그러다 보니 단시간에 좋은 인상을 만들려고 성형수술까지 하고 있는데 좋은 인상이란 외적인 용모가 아니라 내적인 마음가짐에서 비롯되기 때문에 성형수술보다는 무엇을 생각하느냐가 그 사람의 인상을 결정한다고 할 수 있다.

좋은 인상을 가진 사람들의 공통점을 보면 좋은 것만 하려고 하고, 아름다운 것만 보려고 하고, 즐거운 것만 생각하며, 남을 사랑하고, 자신을 희생하며 겸손하게 산다. 이렇게 긍정적으로 사는 사람의 인상이 험악할 리 없으며, 건방지고 교만할 리 없다. 이처럼 인상은 습관이 만들어낸다. 인상에는 그 사람의 생각과 경험과 습관이 담겨 있다.

따라서 좋은 인상을 갖기 위해서는 생활 습관으로 굳어지기 전까지 지속적인 마음의 훈련을 통해서만 도달할 수 있다. 마음의 훈련이란 항상 좋은 것만 하려고, 아름다운 것만 보려고 하고, 즐거운 것만 생각하고, 긍정적인 것을 주로 생각하는 마음 자세를 말한다.

첫인상을 좋게 하는 것으로는 다음과 같은 방법이 있다.

첫째, 옷은 잘 입으면 인상을 좋게 하나 잘못 입으면 상대방의 감정을 부정적으로 만들 수 있다. 따라서 만남의 TPO(시간, 장소, 목적)에 맞게 입어야 한다. 때에 따라서는 과도하게 차려입는 옷차림이 어울리지 않을 수도 있다.

둘째, 우리는 눈을 마주치며 이야기하는 것이 익숙하지 않다. 상대가 윗사람이나 이성일 때는 더하다. 첫인상을 좋게 하기 위해서는 만나서 헤어질 때까지 상대방의 눈을 보며 대화해야 한다.

셋째, 만났을 때와 헤어질 때 악수를 하면서 마음을 전한다. 악수를 할 때도 상대방의 눈을 보면서 상대방에 대한 신뢰감과 편안함을 주도록 해야 한다. 따라서 손을 잡을 때도 정성스럽게 잡고 따스한 마음이 전달되도록 3초 정도 잡는다.

넷째, 우리는 사람들과 인사할 때 무표정하게 하는 경우가 많다. 성공적인 만남을 하려면 인사할 때나 대화할 때 자주 미소를 지어서 상대방이 호의를 갖도록 해주어야 한다.

다섯째, 짙은 화장과 진한 향수는 상대방에게 거부감을 줄 수 있다. 따라서 나만의 개성 있는 모습과 체취와 잘 녹아든 은은한 향기는 남녀를 불문하고 한번 더 돌아보게 만드는 힘이 있다.

4. 외모보다는 표정에 투자하라

혼자 타고 있는 엘리베이터 안에 험한 표정을 한 사람이 탔다면 같이 있는 동안 두려움에 떨 뿐만 아니라 엘리베이터에서 빨리 나가고 싶은 생각이 들 것이다. 호감이 가는 표정을 가진 사람이 타면 엘리베이터가 고장이나서 멈추기를 바랄 것이다.

이처럼 호감가는 밝은 표정을 가진 사람의 주변에는 사람이 모여드나 나쁜 표정을 가진 사람에게는 와달라고 쫓아갈지라도 도망가고 모이지 않는다. 자연히 표정에 따라 행운의 기회도 공평하게 차별적으로 적용된다.

결혼상담소를 찾는 사람들이 사진에서 배우자감을 고를 때 가장 선호하는 유형은 명랑하고 밝은 표정을 가진 얼굴이라고 한다. 아무리 잘생긴 얼굴이라 할지라도 얼굴에 그늘이 스치거나 신경질적인 표정으로 보이면 인기가 없다고 한다.

호감가는 밝은 표정은 마음가짐의 표현이기 때문에 하루 아침에 만들어질 수도 있지만 지속적으로 좋은 표정을 가지려면 날마다 자기관리가 필요하다.

좋은 표정을 위한 자기 관리는 다음과 같다.

- 하루의 얼굴은 전날 밤부터 만들어진다. 푹 자고 일어난 얼굴에는 건강하고 밝은 표정이 감돈다. 그러나 과음을 했거나 푹 자지 못한 얼굴

은 피곤해 보이고 어둡다.

– 불쾌한 일을 당했거나 미워하는 사람이 생기면 잠들기 전에 마음을 정
리해야 한다. 그렇지 않으면 얼굴이 굳어지게 된다. 마음을 아프게 하
는 일이 있다면 부정적인 쪽보다는 희망적인 쪽으로 생각도록 한다.
예를 들면 "더 나쁜 일이 생길 걸 이걸로 때웠다."고 생각하자. 이렇게
하루하루 마음을 정리하고, 새로운 출발을 한다면 얼굴은 항상 빛이 날
것이다.

– 아침에 일어나면 우선 얼굴의 색과 윤기를 체크해야 한다. 색이나 윤
기는 반드시 아침에 체크한다. 만약 얼굴에 윤기가 사라졌다면 우선 의
심해야 할 것은 질병이다.

– 사람을 만났을 때는 사랑하는 사람을 대한다는 생각으로 표정을 짓는
다. 애인에게 사랑받는 표정으로 상대방을 대한다면 호감을 갖는 표정
이 될 수 있다.

– 항상 긍정적인 생각을 가진다. 긍정적인 생각만 하면 자연히 표정에
여유가 생긴다. 표정에 여유가 생기면 상대방을 편하게 만들어 준다.

– 항상 미소 띤 얼굴을 가진다. 우리 옛말에 "웃는 얼굴에 침 못 뱉는
다."라는 말이 있다. 미소 앞에서는 미움도 사라지게 한다. 그리고 주변
어른은 물론 동료, 후배들에게까지 인기가 좋아진다.

5. 이미지 메이킹에도 전략이 있다

이미지 메이킹은 선천적이기 보다는 후천적인 노력에 의하여 만들어지는 것이다. 따라서 당신이 원하는 목표를 달성하기 위해서는 부단한 연습이 필요하다. 성공하는 이미지 메이킹을 가지기 위해서는 다음의 5단계를 거친다.

1단계 : Know yourself(자신을 알라)

성공적인 이미지 메이킹을 위해서 가장 먼저 해야 하는 것은 자신에 대하여 정확히 아는 것이다. 내가 가진 장점과 단점을 분류해서 장점은 살리고 단점은 보완해 나가야 한다.

2단계 : Develop yourself(자신을 계발하라)

자신의 장점을 살리고 단점을 보완하면 이제 기본은 된 것이다. 이제는 자신만이 가진 개성이나 장점을 더욱 가치 있게 만들어 상대방에게 긍정적인 관심을 갖도록 해야 한다.

3단계 : Package yourself(자신을 포장하라)

자신만의 특색 있는 개성을 계발하였다면 그것이 돋보이도록 포장하여야 한다. 복장이나 화장 등 외형적인 것부터 내면적으로 교양이나 언어 구사력에 의해서도 포장할 수 있다.

4단계 : Market Yourself(자신을 팔아라)

자신이 남들에 비하여 빛나게 보인다면 이제 당신을 팔 준비를 해야 한다. 자신을 팔기 위해서는 자신을 살 수 있는 상대방을 만나야 하며, 그 첫 만남에서 자신을 살 수 있도록 이미지 형성요소를 종합적으로 적절히 사용해야 한다.

5단계 : Be yourself(자신에게 진실하라)

상대방을 만나는 동안 진실하게 보여야 한다. 한 순간을 위하여 가식적인 이미지를 보인다면 상대방은 언젠가는 자신에 대한 정확한 평가를 하게 된다. 따라서 지속적으로 좋은 관계를 유지하기 위해서는 상대방을 대하는 동안 진실한 마음으로 대하여 나에 대한 신뢰감이 충분히 형성되어야 한다.

여성리더십이 경쟁력이다

초판 1쇄 2017년 5월 15일
초판 3쇄 2017년 6월 10일

지은이 신경숙
펴낸이 채주희
펴낸곳 해피&북스

등록번호 제13-1562호(1985.10.29.)
등록된곳 서울시 마포구 신수동 448-6
전화 (02)323-4060,6401-7004
팩스 (02)323-6416
이메일 elman1985@hanmail.net

www.elman.kr

ISBN 978-89-5515-606-5 13810

- 이 책에 대한 무단 전재 및 복재를 금합니다.
- 잘못된 책은 구입하신 서점에서 바꿔드립니다.

값 12,800원